JN010692

久遠一馬
セレス
アーシャ

リンメイ
シンディ

シグルドリーヴァ
雪乃

戦国時代《せんごくじだい》に 五 宇宙要塞《うちゅうようさい》でやって来ました。

横蛍
Illustration　モフ

新紀元社

目次

これまでの物語

VRMMO「ギャラクシー・オブ・プラネット」で創った宇宙要塞やアンドロイドたちとともに、なぜか戦国時代に飛ばされた一馬。現代人としての知識と、実体化したアンドロイドたちの知能や技術を駆使し、織田信長の家臣としてこの時代で生きていくことに。一馬たちの存在は、尾張統一に大きな影響を与え、しだいに周囲の国にもその影響が広まって――!?

登場人物

「ギャラクシー・オブ・プラネット」の世界から戦国時代へやって来た者たち

ジュリア

戦闘型アンドロイド。宇宙要塞では戦闘部のリーダー。

セレス

クールで真面目な性格で敵には厳しい、戦闘型アンドロイド。

ケティ

医療型アンドロイド。無口だが、本当は感情豊かで食いしん坊。

エル

一馬が初めて創った万能型アンドロイド。優しくて癒やし系。

久遠一馬

リアルではアラサーの男だが、ゲームのアバターのまま実体化し戦国時代へやって来た。

メルティ

小悪魔風お姉さんな万能型アンドロイド。絵画が得意。

リリー

動植物の育成や品種改良が得意な技能型アンドロイド。

パメラ

明るい性格の医療型アンドロイド。ツインテールが特徴。

リンメイ

技能型アンドロイド。技術研究や開発生産が得意。

アーシャ

技能型アンドロイド。開校した学校の責任者となる。

シンディ

万能型アンドロイド。酒造りや商いの差配をする。

戦国時代の人々

望月千代女

望月出雲守の娘。久遠家の侍女となる。

滝川お清

滝川資清の娘。久遠家の侍女となる。

滝川資清

滝川一益の父。久遠家家臣のまとめ役に。八郎。

滝川一益

通称、彦右衛門。武芸と鉄砲が得意。

滝川慶次郎

変わり者で型にはまらない男。

織田信秀

織田弾正忠家の当主。信長の父。

織田信長

尾張、織田弾正忠家の嫡男。一馬の主に。

序章　幻庵と西堂丸

side：久遠一馬

入道雲が見える。夏だ。

あの日、ギャラクシー・オブ・プラネット最後の日。オレたちはこの世界にやって来た。

夢か幻か。そう考えた時もあるけど、今ではここがオレたちの世界で居場所になる。

「やはり花火を売ってほしいという商人が多いようですね」

朝一で津島と熱田にある屋敷から届く書状に目を通していると、エルが書状の内容に少し困った表情を見せた。

エルは万能型アンドロイドで、年齢は設定上では十八歳だったが、この世界での仕来りで正月に数え歳として歳を重ねたので十九歳になる。金色の髪と目をした、スタイル抜群で可愛らしい女性だ。

オレの妻のひとりであり、百二十人のアンドロイドのまとめ役でもある。

「頼むだけだとタダだしね」

娯楽のない時代に打ち上げ花火のインパクトは絶大だった。

闇夜を恐れる時代に、一瞬ではあるが夜空を明るく照らす花火は、人によっては奇跡のようにも見えたようで、それが人の技だと知ると欲しいという商人がやって来る。無論、縁も由縁もない商人がすぐに売ってもらえると思うほど甘い時代ではない。

ただ、そこから始めてウチと交流を持ちたいと考える人は思った以上に多い。

「絵を描いてほしいという依頼も多いわ」

同じく少し困った顔をしているのはメルティだ。

メルティはエルと同じ万能型アンドロイドで、青い髪をショートボブにしている色気のある女性。年齢は十九歳。人の心理を読み、戦略や作戦立案をすることが得意中の得意で、趣味は絵画を描くことだ。

彼女が描いた信秀さんの肖像画と紙芝居は織田領で評判となっていて、いろいろと依頼が舞い込んでいる。

趣味とはいえ、メルティの絵はプロも顔負けに見えるしね。断るにしても信長さんに相談してからにしよう。

「ケティは往診か？」

「津島と熱田を回ってくる」

ケティは医療型アンドロイドで、黒髪のショートヘアで黒目、年齢は十七歳。小柄でスレンダーなスタイルの女性だ。基本的に無口で抑揚の少ない話し方をするが、本当は感受性が豊かで少し食いしん坊でもある。

すっかり医師らしくなってきたなと感じる。今日は身分のある家や病院に来られない人たちの往診の日らしい。

「慶次も、みんなもお願いね」

「心得ております。お任せを」

お供は滝川慶次郎。まだ元服前だが、史実では前田家の養子となり前田慶次となった男だ。この世界では養子には出さないだろうけどね。

名前と顔が知られているケティは誘拐される可能性もなくはない。尾張は治安がいいほうだが、それでも有能な医師でオレの妻でもあるケティは狙われることがある。

「いってきま～す」

「パメラも気を付けてな」

「うん！」

ケティと一緒に屋敷を出るのはパメラだ。医療型アンドロイドで、年齢が十七歳。明るい性格で、魔法少女にでもなりそうなツインテールのブロンドヘアに、ほっそりした容姿の女の子だ。

病院には織田領内の各地から毎日患者さんが来る。彼女たちの医療活動が、余所者であるオレたちが尾張にて受け入れられた理由のひとつだ。

頑張る姿に頭が下がるね。

「アタシたちも行ってくるよ」

「帰りは少し遅くなるかもしれません」

ふたりに少し遅れて出掛けるのは、ジュリアとセレスだ。

ジュリアとセレスは戦闘型アンドロイドで、ジュリアは年齢が二十一歳。少しウェーブのかかったブラウンヘアを肩まで伸ばし、派手めの顔立ちとスタイルをしている。セレスも年齢はジュリアと同じ二十一歳。銀髪にクールな切れ長の目をしている。性格は少し軍人っぽくて、真面目かな。

今日はウチが尾張に来て始めた警備兵の指導に行くようだ。治安維持を目的に組織した人たちで、ウチの牧場や管理する工業村に、清洲と那古野で活動している。

まだまだ荒削りなところもあるが、評判は上々だ。

「よろしくお願い致します」

みんなが出掛けて急ぎの書状に目を通し終える頃になると、西堂丸君が信長さんに連れられてウチに来た。幻庵さんが昨日の夕食の時に、西堂丸君に織田の統治を勉強させてやりたいと頼んだ結果、ウチに回ってきたみたい。

幻庵さん自身は政秀さんたちと和歌を詠むらしいので、そっちに参加するよりは楽でいいけど。

「どこに行きましょうか？」

「牧場なら見せても構わぬであろう？　あとは津島で船でも見せてやるか」

最近の信秀さん。以前にも増して、よきにはからえって感じだから、なにも指示されていないんだよね。信長さんと相談して牧場村に行くことにする。

「若様！　久遠様！　大きな猪が取れたので献上にあがりました」

「おう！　これは凄いな」

出掛けようと思っていた矢先に、ウチの屋敷に大きな猪を担いだ男たちがやって来る。最近はいろいろなものを持って来てくれる人たちがいるんだ。

基本的に献上品は受け取って褒美に銭や米を与えている。

「三郎殿は民に慕われておるのですね。大叔父上のようです」

信長さんは昨日の夕食時はまともな服装だったけど、今日はいつものうつけ殿スタイルだ。西堂丸君とお付きの武士たちもビックリしたんだろうが、それ以上に猪を献上に来た男たちと楽しげに話す姿に目を見開いて驚いている。

まあ、オレも放っておくと着流しになるから、周りから見ると信長さんと似た者同士かもしれないが。

「ここは若様の領地ですしね」

「昨日、久遠殿の屋敷で相撲の相手をしておったのも三郎殿ですよね？」

「若様は子供がお好きなのですよ。一緒に相撲を取ったり武芸を教えたりしていますから。尾張ではうつけ殿なんて呼ばれていますけど」

「うつけ殿⁉」

どうやら西堂丸君は、昨日ウチの屋敷に信長さんがいたことに気付いていたらしい。なかなか優秀だ。ついでに信長さんのアダ名を教えてあげると反応に困る表情を見せている。

「西堂丸殿は若様をどう見ます？」

「私は……」

「かず。客人を困らせるのは止めぬか」

恐らく幻庵さんは知っているんだろう。西堂丸君が信長さんをどう見るか、ちょっと試してみたかったんだけど。信長さんに怒られちゃった。

子供には本当に優しいんだよね。信長さんって。

そのまま屋敷からのんびりと牧場に来ると、堀や塀に囲まれた中にある牧場に西堂丸君たちはちょっと不思議そうにしている。

「ここは……？」

「ウチの領地になります。馬と牛を飼っている牧場と、明や南蛮の野菜や果物を試しに植えているところですよ」

「馬……。それに明や南蛮の食べ物……」

那古野だとそれなりに知られていることだけどね。風魔にも入られたことはないから、さすがに中は知らないようだ。

「あー！　若様と殿だ！」

「だれ!?　偉いお方？」

ただ、ここでオレと信長さんは、孤児院の子供たちに囲まれちゃった。礼儀作法も最近になり教え始めたけど、ここに来るのは信長さんや信秀さんと政秀さんくらいだから、あんまり煩く言わないんだよね。

「相模北条家の嫡男である西堂丸殿だ。無礼を働くなよ？」

「はい！　西堂丸様。いらっしゃいませ！」

子供たちは信長さんの言葉にはきちんと従う。いわゆる上下関係はきちんと出来ている。見た感じはガキ大将と子分たちにしか見えないけど。

「久遠殿。この子たちは……」

「孤児とウチの民の子たちですよ。ウチでは領内の孤児たちを集めて仕事を与えて、学問や武芸を教えているんです」

「なんと⁉」

「信じられぬ」

西堂丸君はまさかと言いたげにしているけど、お付きの家臣たちは孤児だと教えると今日一番の驚きを見せた。そんなに変かな？

みんなヤンチャだけどいい子だし、よく働くのに。


「あら～、どちら様で？」

「北条左京大夫様の嫡男の西堂丸殿だよ」

「お初にお目にかかります。妻のリリーでございます」

子供たちに囲まれながらオレたちが畑に来ると、牧場を任せているリリーが領民や子供たちと農作業をしていた。リリーはさっと身だしなみを整えて挨拶をしたが、西堂丸君は日ノ本では見ない容姿のリリーに緊張しているみたい。

「おっ、メロンがあるね」

「ふふふ。食べ頃よ」

「めろん？」

「ああ、瓜ですよ。南蛮の瓜をウチで改良したんです」

西堂丸君たちは見知らぬ野菜や果物を前に、どこまで見ていいか分からないようで少し戸惑っているが、今日はメロンが食べ頃らしい。西堂丸君ラッキーだね。

そのまま子供たちと一緒に農作業をするオレや信長さんに合わせるように、西堂丸君もメロンを収穫する。お付きの家臣たちは相変わらず戸惑っているけど止めないのはさすがだね。

「南蛮の瓜ですか」

「美味しいですよ。井戸で冷やして、後でみんなで食べましょう」

うん。西堂丸君たちの表情が和らいだ。やはり食べられるとなると違うみたいだ。

「いつも、かようなことを？」

「商いもしておりますよ。普請場の視察もしていますし、他にも差配する村や役目もありますしね」

そのまま牧場村の代官屋敷で昼食にする。

お昼はざるそばだ。エルがこちらで用意してくれていたみたい。ちゃんとダシも取ったそばつゆだから美味しいね。

「武芸に励まぬのですか？」

「私はあんまり得意ではないんですよね。武芸なら若様が得意ですよ」

昼食を食べながら世間話ついでに西堂丸君の疑問に答えるが、オレの仕事ってほとんど文官なんだよね。

「そのわりに強いではないか。鍛練すれば武芸一本でもやれよう」

「仕事がいろいろあるのですよ。それに立場上あんまり武芸って使わないんですよね。常に護衛がいますから」

オレも時々信長さんの武芸の鍛練に付き合うから、信長さんはオレの実力を知っている。基本的な技術は睡眠学習で覚えたし、生体強化している体だから身体能力もあるので弱くはない。

ただし、実戦経験がまったくないから、達人クラスが相手になるとあっさり負けちゃうんだ。

「西堂丸殿に分かりやすく言えば、物事にはなにからやるべきか決める必要があるのですよ。私の場合は稼いで家臣や家族を食わせるのが第一で、次は領民の皆が食べられるように働くのが第二ですかね。武芸はその次かな？」

あんまり武芸を軽視すると武士の受けが悪いんだよね。だけど、実際には使わないし、他の仕事もあるしさ。

史実だと、織田信長も若い頃は戦場で自ら兵を率いて直接戦ったらしいけど、この世界だと無理だろう。信長さんはそんな機会が来ることを考えて鍛練しているけど、今の織田家で信長さんを前線に出すことはないと思う。

警備兵や信長さんの直轄兵は鉄砲の訓練をしていて、戦になれば鉄砲隊になるし、大将が前線で槍を振るうなんて今の織田だとやらせられないからね。

「ああ、西堂丸殿は私を参考になどしてはいけませんよ。私は商人あがりですから。西堂丸殿のような立場のお方は武芸も用兵も必要です」

若干考え込む西堂丸君に、あんまりオレを参考にしないように釘を刺しておかないとね。似非武士がおかしなことを教えたと文句が来ても困る。

「食べられるように働くのですか」

「伊勢宗瑞公のことは私も聞き及んでおりますよ。民のことを考えるのならば、私のような立場ではこうするのが一番なのです」

早雲公と絡めて説明すれば批判をされないだろう。根っこは同じ、領民と領内の安定だからね。史実において関東で一番税が安く領民に慕われていたといわれる北条を、参考にしている部分があるのは事実だし。

ただ、史実では西堂丸君は早くに亡くなっているんだよね。こうして知り合っちゃうと助けたくなっちゃうな。

食後のデザートはメロンだ。

この時代にも瓜はある。ただ、元の世界でお馴染みのメロンは明治になり西洋から入ってきた品種を日本で改良したものになる。

今回植えたのはノーネットメロンだ。いわゆる編み目が表面になくツルツルしたメロンになる。ただメロンに限らず元の世界の品種って、手間とか肥料とか大変なんだよね。ビニールハウスもない時代によく作れたよ。

「どうぞ～」

「……これはまた甘いな」

「なんと。これほど甘い瓜があるとは……」

手頃な大きさに切ったメロンをみんなでかぶりつく。

うん。懐かしいメロンの甘さだ。元の世界だと比較的安価なメロンになるのかな？　でも、信長さんや西堂丸君たちは驚いてくれたらしい。

「尾張にはかような甘い瓜まであるのですか」

「これはここでしか作っていませんよ。試しに作っただけですから。大殿にもまだ献上しておりません。献上する前の味見ですよ。美味しくないものを大殿に献上するわけにはいきませんからね」

西堂丸君が勘違いしそうだったので、あくまでも試験栽培であることを伝えておかないと。実際に普及させることは、当分は難しいだろうからね。

信秀さんに献上する前だと知ったからか、西堂丸君たちの顔色が少し悪くなる。大丈夫だよ。ウチではこれが普通だから。

「リリー。これは来年から増やせるか？」

「少し難しいわね。手間がかかって大変なんです。作り手を育てないとダメですね」

信長さんはさっそく量産させたいみたいだけど、リリーが珍しく困った表情を見せた。多分作りやすい品種なんだろうけどね。それでもこの時代だと少し難易度が高いんだろう。

メロンを食べたし、次は津島に船を見せに行こうか。

青々と育つ稲を見ながらのんびりと移動する。オレたちは馬に乗るけど護衛は徒歩だからね。

那古野・津島・熱田の街道整備が出来たら馬車くらいは作りたいかも。移動時間を短縮したい。

「あれが……南蛮船」

「おおっ！　なんという大きさ。それに黒い船だとは……」

津島では南蛮船から荷降ろしをしている最中だった。ガレオン船から荷降ろしする人足たちで賑わっている。

その光景か船の大きさか分からないけど、西堂丸君たちは素直に驚きの声を上げている。ウチのガレオン船は、この時代としては前例がないほどの大きさだからな。

「賑わいも凄まじい……」

家臣の皆さんは賑わいに驚いているけど、織田が桑名と関係を断って以降、織田に睨まれている桑名ではなく津島にやって来る商人が増えたんだ。

受け入れ能力を超える商人が来ているから賑わいは確かに凄いけど。

「あれは動かせませんが、小さいほうの船なら動かせますよ。少し乗ってみますか？」

「まことですか⁉」

荷降ろし中のガレオン船は動かせないけど、移動用のキャラベル船なら乗せられる。ちょっと走らせてクルージングでもしようか。

津島の屋敷から船乗りの擬装ロボットを呼び、キャラベル船で出港だ！

「あの船よりは小さく見えますが、乗ってみるとこちらの船も大きいですね」

「近海では、この船くらいのほうが使いやすいですね」

日ノ本にはない形の帆と動滑車やマストに張られた複数のロープを、西堂丸君たちは見上げたまま信じられないような顔をしている。

少し大袈裟に言えば、元の世界だとスペースシャトルにでも試乗する感じなのかもしれないね。

「報告！　前方にて船が転覆しております！」

「助けに行くぞ！」

「はっ!!」

河川から伊勢湾に出て西堂丸君たちとのんびりとクルージングをしていると、見張りから緊急の報告が入る。

みんなで確認すると商船が転覆していて、船乗りが沈みつつある船にしがみついていた。オレたちは信長さんの号令ですぐに急行して救助を始める。

side：北条西堂丸

尾張は驚くことばかりだ。見たこともない品物が数多あり、食べたことのないものもある。

三郎殿が市井の民のような姿で出迎えに来た時には、供の皆も驚いていたと思う。

ただ、尾張の民は驚いた様子ではなかった。町を歩けば民に若様と気さくに声をかけられていて、大きな猪を担いだ男らがわざわざ献上に来ていたほど。

民が税以外で献上することなどあまりない。裕福な商人ならばともかく、市井の民が食べるので精いっぱいなのは私にも分かる。

それに、昨日、久遠殿の屋敷で大叔父上が見習えと言うた、子たちに笑顔を与えていた人物が三郎殿だということに、皆は気付いていたのであろうか。

久遠殿は言われた。尾張では三郎殿はうつけ殿とも言われていると。確かに武士があのような姿で出歩くなど北条家では許されまい。

されど民や孤児院の子らに慕われる三郎殿が、私は羨ましくて仕方なかった。

北条家の跡継ぎとして家臣や民に頭を下げられることはあっても、あれほど慕ってくれる者が私にはいないかもしれない。

「我らも手伝うぞ！」

久遠殿の計らいで南蛮船に乗せてもらえた。聞けば織田家中でもまだ乗ったことのない者が大勢いるとのこと。

そんな折、船が転覆していたところに出くわす。

三郎殿は自ら差配をするばかりか、海に飛び込み助けに向かった。いずこの船かも分からぬにもかかわらず。

ここで見ているだけでは北条家の名折れだ。私も家臣たちも皆に交じって海に漂う人や荷を引き揚げるのを手伝った。

「これですべてか？」

「はっ、はい。この度はまことにありがとうございまする！」

「荷は駄目ですね。海水に浸かりましたから。洗えば食べられるかな？」

助けたのはなんと桑名の商人であった。織田と絶縁したと聞く桑名の商人ということもあり、船に乗る者らもいかんとも言えぬ様子だ。

「よい。桑名まで送ってやる」

転覆した船は皆を引き揚げた頃には沈んでしまった。引き揚げることが出来たのは、人と僅かな荷だけだ。桑名の商人は織田の南蛮船であることに怯えているようにも見える。

三郎殿はそんな者らを桑名まで送ることにしたようだ。

敵国とまでは言えぬのであろうが、先の尾張での戦において、桑名は織田と敵対していたところに肩入れして絶縁されたのは、大叔父上にこの旅の道中で聞いたことだ。そのような相手をわざわざ送るとは。


そのまま船は堂々と桑名に行くと、攻めて来たのかと騒ぎになる中を助けた者や荷を降ろして津島に帰ることになった。

「申し訳ありませんね。皆様方は桑名には上陸をさせられません」

「いえ、構いません」

三郎殿や久遠殿は降りて桑名の者と話をしたようだが、北条家の者である私たちは上陸をさせられぬと久遠殿に謝罪された。

ただ、久遠殿が私に声をかける前に、奥方であるエル殿に上陸出来ないか問うていたのは何故であろう？　敵地とまでは言わぬようだが、聞かなくても分かることだ。エル殿も困った顔をされていた。

「あの……三郎殿。何故わざわざ桑名まで送ったのですか？　織田と桑名は絶縁しているのでは？」

「絶縁というわけではない。商いの取り引きをしておらぬだけだ。それに恩を売るのは悪いことにはなるまい？　敵対したというだけですべてを根切りにするわけにもいかぬからな」

ああ、確かに三郎殿の言うことにも一理ある。ただ闇雲に助けて桑名まで送り届けたわけではないのか。

尾張では弾正忠殿は仏と呼ばれているとか。しかし、ただの仏ではない。少なくとも三郎殿は先のことまで考えている。

私はかような者らと時には争い時には力を合わせて、国を家を守らねばならぬのか。

果たして私に出来るのであろうか。

side：久遠一馬

翌日の夜は、ラーメンと餃子と炒飯に杏仁豆腐という、ランチのような夕食だった。

どうも、幻庵さんと一緒に和歌を詠んだ政秀さんが、雑談の中でラーメンのことを話したら、食べてみたいということになったようだ。

このメニューでは肉を使っているんだけど、幻庵さんも貰い物なんかで食べることがあるから気にしないみたい。せっかくだから明の料理が食べたいんだとか。

「これは美味いの！」

最初は八屋に行こうかと言っていたらしいが、政秀さんがウチに作らせることにしたみたいで、留守番をしていたメルティたちが作ったラーメンだ。

元の世界の感覚だと接待で出す料理じゃないんだけどな。珍しい料理だからいいのか。西堂丸君は、昨日のお昼も蕎麦だったから麺類が続いたけど、本人は喜んでいるね。ならいいか。

「久遠殿。是非久遠家の料理を北条にも教えていただけないでしょうか？」

「ウチは大殿の許しさえ下りれば構いませんよ」

食後は金色酒を飲んで歓談することになったが、幻庵さんがこちらを窺いつつ料理を教えてほしいと頼んできた。

教えるのは構わないんだけど、調味料は大部分が今のところ売っていないものなんだよね。

「構わん。久遠の技だからな」

　最終的には信秀さんに判断を任せたが、料理法くらいなら広めても問題ないからな。当然許可は下りるよね。

「して対価についてですが。いかほどで教えていただけますかな？」

　ただ、対価って言われても悩む。知恵や技の価値をむやみに軽くするのは好ましくないが、北条との友好を考えると配慮が必要だ。

「どうしようか？」

「駿河守様は文武両道にして多才なお方とか。織田の学校にて、なにか教えていただくのはいかがでございましょう」

　この辺の政治的な駆け引きは難しい。素直にエルに振ると妙案を出してくれた。確かにそれいいね。技術には技術を。バランスが取れている。

　本音を言えば、ウチとしては北条家に砂糖や調味料が売れるならタダでもいいんだけどね。とはいえ相手は織田家より格上の北条家。面目を立てつつ、さらなる利を上手く引き出したわけか。

　信秀さんはそんなエルの言葉に意味深な笑みを見せた。多分その事実に気付いたんだろうね。

「なるほど。某に教えられることならば構いませぬが……」

「内容はお任せ致します。伊勢宗瑞公の話や戦の話などいいかもしれません。皆が駿河守様の話を聞きたいはずです」

　幻庵さん自身はちょっと驚いた様子で説明するエルを見ている。この場には信秀さんや政秀さんに信長さんもいるけど、信秀さんたちは今更だからな。

エルに関しては、実は化粧料の名目で百貫の禄を信秀さんから貰っている。

あまり目立たないように動いていたが、検地とか分国法の時に文官衆にアドバイスしたりしていたし、清洲城の設計も基本はエルがしたからな。

エル自身はオレの妻だから要らないと言ったんだけどね。さすがに隠せないくらい働いているから、家中に信賞必罰の示しを付けるためにも受け取ることになった。

幻庵さんにも、エルが優秀なことがバレただろう。

「久遠殿の奥方は多才ですな」

「ええ。まあ……」

やはりバレたか。性格とか個性もあるけど、アンドロイドであることを除いてもみんな優秀なのは変わらないんだよね。

「謁見の間にある南蛮の絵。あれも素晴らしい。京の都に行けば一躍天下に名が知られるでしょうな」

「本人が好きで描いているだけですので。そのような畏れ多いことはとても望んでおりません」

幻庵さんはそのままエルの話から、ケティの医術やメルティの絵の話に移っていた。文化人の幻庵さんは特に絵が気に入ったようだ。

確か史実では文化人との交流とかあった人なんだっけ？

あまり騒がないでほしいな。どこぞのお偉いさんから絵を描きに来いと言われても困る。

まあ、遅かれ早かれ知られるかもしれないけどね。もちろんいきなり絵を描きに来いとか言われたら普通に断るよ。

相手が尾張まで来たら描いてもいいとは思うけど。ケースバイケースかな。

正直、公家ですら逃げ出すような京の都には、行きたくないし行かせたくもない。最悪は暗殺してでも守るくらいの覚悟がオレにも必要なのかもしれない。

料理に関しては、基礎と一部のレシピを幻庵さん自身と連れてきている料理人に教えることになった。暗殺とか毒殺の危険があるので、自前の料理人を連れてきているらしい。

学校での講義は三日後、織田領内に告知を出してからになる。

「ほう。紙芝居とは……」

告知方法を紙芝居だと説明すると幻庵さんの目が光った気がする。明らかに興味ありげな表情で紙芝居について質問された。

「確かに武士は民に命じることはあるが、詳しく話すことまではせぬからのう。寺社は説法などするというのに」

「噂は広がる。されど、こちらの言い分を正しく民に伝えるにはよいやり方だ。戦にしても手柄を挙げた者を紙芝居にて知らせて歩く故に、家中の者らの目の色が変わったわ」

箱根権現の僧でもある幻庵さんからすると、目から鱗のような感覚なんだろうか。信秀さんはそんな幻庵さんに紙芝居の効果を語るが、オレの予想以上に効果が出ているんだよね。

どちらが正しいか悪いか大義が有るか無いかなんて、この時代の庶民はあまり気にしない。気にするのは自分たちが食えるかどうかと、誰が強いかくらいだって資清さんが言っていた。

将軍も守護も朝廷も、大半の庶民は興味がないらしい。

だからと言って裏切りや騙し討ちをする人が好かれるわけではない。そこが難しいところで、上に立つにはそれなりの体裁はやはり必要みたいなんだ。

この時代でも情報の重要性を理解する武士はそれなりにいるのだろうが、情報の使い方はまだまだ甘いとしか思えない。

無論、嘘ばかりの情報を流しても領民も馬鹿じゃないので気付く可能性があるが、真実に多少の脚色をするくらいならば効果は絶大だろう。

なんと言っても元の世界でよくメディアが使う手法だからね。

「さすがは弾正忠殿。左様なことまでなさるとは……」

「考えたのは一馬たちだ。わしは許しを与えたに過ぎん。一馬たちに任せておるだけで、近頃では仏などと畏れ多い呼ばれ方をするからな。外を歩けば民に拝まれて困っておるわ」

幻庵さんは紙芝居の効果に、ある程度気付いたみたいだね。信秀さんを畏怖するような表情を一瞬だが見せた。

ただ、信秀さんは饒舌だ。すっかり仏の弾正忠様なんてあだ名が定着していて、事あるごとにオレたちに仏にされて困っていると笑い話にする。

実際、これが結構ウケているんだよね。尾張の虎と呼ばれ恐れられるのが武士としては普通で、ある意味ステータスのようなものだ。

　それが、仏と呼ばれて拝まれるなんて、まずあり得ないことだから。

「家臣の手柄を自らの手柄とせずに家臣を褒める。それが出来る武士がいかほどにおりましょうか。将たる将をこの歳で学ばせていただいた気分でございます」

「わしは宗瑞公のようにはなれぬからな。一馬が偶然尾張に来て三郎が召し抱えねば、未だ尾張半国にも届かぬ身であったろう。ならば信じてみるも一興と思うたまでよ」

「……弾正忠殿」

　信秀さんの持ちネタとも言える話に、幻庵さんは笑わずに感極まるような表情をした。確かに信秀さんは北条家の幻庵さんにまで真相を話しちゃったからね。

　自らの力や権威を誇示したい武士が多いこの時代に、家臣の手柄を他家にまで褒め伝える人は珍しいのかもしれない。

　実際、今の信秀さんは戦に強いという力よりも、この人なら信じられるというカリスマ性で織田を動かしている。

　ウチみたいな新参者に権限を与えて、自由にさせている度量は並の武将では無理だろう。

　ただ、最初は偶然かもしれないが、今はそれを狙ってやるだけの力量もあるんだよね。以前からの旧臣を大切にしつつ、新参者も受け入れて使ってみせるだけの余裕がある。

　信秀さんがたまに言うけど、駄目なら追放すればいいと考えて、臣従を希望する人は受け入れているからね。

　気になるのは、北条が紙芝居をやれば地味に関東情勢に影響しそうなことか。関東管領の権威を地に落とせるかもしれない。

　領民ばかりではなく土豪や国人衆レベルでも紙芝居の影響って大きいんだよね。

　上手くやると長尾景虎が関東管領を継ぐ頃には貧乏くじのような扱いになる可能性も。

　うーん。どうなるんだろ？　エルたちと相談して戦略の練り直しが必要かも。

side：今川義元

「長綱め。嫌な時に嫌な動きをするのう」

「北条としては少しでも味方が欲しいところでございますからな」

　思わず雪斎に愚痴をこぼしてしまうが、別に驚きはない。わしが氏康でも織田と誼を結ぶであろう。

　関東から離れておる尾張では容易く兵は出せまいが、それがいいと言えばそうとも言えよう。お互いに負担なく誼を深めることが出来るからな。

あの男。躍進する織田を自らの目で見極めたいとわしに堂々と言い切りおったわ。無論、今川と敵対するための訪問ではないとも言うたがな。

「同盟を結ぶと思うか？」

「さて、いかがでございましょう。北条は西に攻めてくる余裕があるとは思えませぬが」

　今川と北条は伊勢宗瑞の頃からの友誼じゃったがな。武田と同盟を結ぶ際に手切れとなった。

今思えば失策であったのやもしれぬな。武田は信濃で勝ったり負けたりしておる。

懸念は、北条と織田の同盟に今川家として打つ手があまりないことかの。武田とは同盟を結んでおるが、対北条はともかく対織田では役に立たぬ。

美濃の斎藤は織田と和睦するとの噂があるようじゃが、あの主家殺しの利政は信じるに値せぬ。

「いっそのこと、今川家も織田と北条との同盟に加わればよいのでは？」

「母上。なにを言われるか。北条はともかく斯波や織田とは因縁浅からぬ仲。とても同盟など結べませぬ」

「そうでしょうか。今川・北条・織田で力を合わせれば天下すら見えてくるのでは？」

悩むわしに思いもよらぬことを言い出したのは母上じゃ。北条と織田の同盟を気にしてか、近頃は話に加わっておったのじゃが。

まさか、北条と織田の同盟に加われと言い出すとはの。

「天下か……」

「所領の広さは北条が少し上でしょうが敵が多い。織田は商いの力を考えればまだまだ伸びます。両家と力を合わせて西か東に進めば今川は安泰ではありませぬか」

我が母ながら恐ろしいことを考えおる。北条の狙いは関東における自立であろう。織田はまだ領国を従えるのが先か。

とはいえ、北条と織田に挟まれし今川がいずれかを攻めれば、北条と織田は手を組む恐れは十分にあるのじゃが。

「雪斎、いかが思う?」

「一考の余地はあるかと思いまする。尾張美濃より東をまとめれば、かつての鎌倉のように天下も夢ではないかと」

確かに北条と織田と合力出来れば夢ではないか。

畿内は戦続きで疲弊しておるし、朝廷や足利や寺社などの勢力が入り乱れて面倒じゃ。頼朝公のように畿内の外に天下を作るのは面白きことではある。

「今までならば成し得ぬことでしょう。明や南蛮の荷や世情に知恵もがすべて堺で止まりておりましたから。ですが今なら畿内に頼らず自立出来るはずでございます」

そうじゃ。ただの数合わせの同盟ならば価値はないが、織田は南蛮船を運用して畿内に頼らぬ政を領国に施しておる。

確かに畿内より東が西に頼らずに動くことも、考えとしてあり得るの。

それを考えつくとは、我が母ながら女にしておくのは惜しいの。

「ふむ。ことは慎重に考えなくてはならぬ。武田がいかに思うかもある。織田の考えももう少し見極めねばならぬからの」

されど、すぐにでもとはいかぬの。やはり因縁が邪魔をする。特に斯波武衛がいかに思うか。

しかし、幸か不幸か織田との商いは相も変わらず活発じゃ。うつけどもはわしが織田を恐れておるとあらぬ噂をしておるが、互いに利が出ておるのに何故無理にこちらから戦をせねばならぬのじゃ。

信秀も戦を求める三河の国人衆をなだめておるようじゃしの。

無論、織田が三河に攻め入る恐れはあるが、そうなれば受けて立つまでのことよ。

それにしても天下か。母上は人の心を掴むのが上手いの。氏康も信秀も天下と聞けば話くらいは聞くやもしれぬ。

畿内の足利を巡る争いに振り回されるのに嫌気がさしておるは、皆同じであろうからの。

side：久遠一馬

「ここが先頃、戦をした場所ですか？」

当初の予定では二、三日滞在して、熱田神社や津島神社にお詣りしたら帰るつもりだったらしいが、幻庵さんたちは料理を教わったり講義をしたりするので滞在期間を延ばすみたい。

西堂丸君は相変わらず信長さんと誼を深めるために、滞在する清洲から那古野に来る。必然的にオレも一緒に応対する。この日は市江島に連れてきた。

「大殿のお考えから織田では領民を食べさせることを基本としています。ここでは食べさせるために、まずは検地と人の年齢と性別に数を調べていますね」

西堂丸君にウチのやり方だけ見せても役に立たないしね。この時代に合わせた統治に関する手法も見せてあげないと。

検地は北条家が先にやっているから目新しさはないけどね。人口調査とその使い方はなにかの参考にはなるだろう。

「何故そこまで詳しく調べるので？」

「流行り病や飢饉の時に、どこにいかほどの食べ物や薬が必要か把握するためですよ」

ただ、この日はお付きの武士が増えた。西堂丸君から話を聞いた幻庵さんがお付きを増やしたみたいなんだよね。彼らは問題のない範囲で細かいことも聞いてくる。

市江島では現在も検地が続いている。さすがに一向宗の寺領には手を出していないが、逆に言えば彼らの寺領は飢饉や流行り病になっても織田が助ける義務はない。

実際に三河の本證寺と同じ扱いになるね。

戦の後の炊き出しと、服部家が強奪するように集めた兵糧は平等に配ったけど、その後の統治には手を出していないんだ。

「あれは……？」

「ここは輪中ですからね。堤防の補修と強化をしてもらっています。報酬を出していますから、それで食いつないでもらう形ですね」

それと市江島を囲む堤防の実態も調査した結果、一部は補修と強化が必要と判断したので市江島の領民に報酬を出して賦役をやらせている。

西堂丸君たちはその様子も気になるのか注意深く見ているね。ちなみに寺領の領民は対象外になる。報酬を出しても賦役だからね。

現状では市江島の寺との関係は良好だよ。ただ、こちらの行政サービスが欲しいなら、寺のほうもなにか妥協をしてもらわないといけない。

さすがに徴税権まで寄越せとは言わないが、検地や人口調査に罪人の引き渡しとか、飲ませたい条件は幾つかあるんだ。

「ここは一向衆が強い土地なのですな」

「領境とも言える地ですから。一向衆に関してはどこも同じですよ。ただ、西は長島に、東は三河に、一向宗の大きな寺があるので、迂闊なことは出来ません」

西堂丸君はあまりピンと来ないらしいが、お付きの武士は一向衆の強い土地に微妙な表情をする。北条も早雲の時代から一向宗を禁止しているからね。彼は畿内で伊勢新九郎の名で幕府に仕えていたらしいし、一向一揆の危険性をよく知っていたんだろう。

本当に北条は統治が上手いよね。史実の織田信長はその辺りはいまひとつだったからな。

ただ、現状の織田が一向宗の禁教なんてしたら、大変なことになるからやりたくても出来ないんだ。史実の三河一向一揆と長島一向一揆が同時に発生するなんて悪夢でしかない。

そもそも市江島って、賦役に銭を投入すると赤字になるんだけどね。一向衆対策と割り切るしかない。

坊主と領民を少しずつ引き離していかないと。領民を確実に食わせれば、最悪でも史実の規模では一揆は起きないはずだ。

「しかし、先頃得た領地をこれほど安んじて治めることが出来るとは……」

「長島の願証寺とは上手く付き合っていますからね。近くの蟹江という場所では願証寺から人足を出してもらって港を造っていますよ」

北条家の皆さんは一向衆が大人しいことと協力していることに驚いているけど、立っている者は親でも使わないとね。

それに今の織田は、北条ほど敵が周りに多くないし、警戒されていないのも大きいかな。古河公方とか関東管領とか幕府の権威と争うのは正直大変だろう。

side：アーシャ

北条長綱殿。まさか直接会えるとは思わなかったわ。

私は学校という場所で多くの人と関わることで、生きるという意味と、人と交流する楽しさも難しさも知った。

先日には長綱殿が学校で講義をしてくれることになったので、直接会って講義について相談をしたわ。どういう形でやるか、前例がないだけに、きちんと長綱殿の考えを聞いておかなくてはならないもの。

長綱殿は好奇心旺盛で、自分の知らないことを多く知りたいという貪欲な人だった。

こちらのことも詮索しないように配慮をしつつ、楽しそうに聞いていた姿が印象深い。

「今日はお天道様がよく見えるわね」

校庭からは子供たちの声が聞こえる。どうやら武芸の稽古をしているようね。

学校は日々変わっているわ。今の価値観を大切にしつつ、新しい価値観と学問をみんなで学び考える。私も押し付けになるようなことは極力していない。

教師陣の皆様もそれを理解して助けてくれているわ。時には議論もする。異なる価値観を理解し共に歩むのは大変だと改めて思い知らされた。でもそれが楽しくもあるわ。

長綱殿の講義は告知をすでにしている。面目もあるのであまり人が集まらないと声をかけて人を集めないといけないでしょうね。

どうなるのかしら。私の周りは是非聞きたいという人が多いんだけど、学校に関わらない人たちの意見はなかなか聞こえて来ない。

ケティにでも相談するべきかしらね。あの子は診察ばかりか往診もするからあちこちに顔が利くのよね。

この場合、聞きたくても身分が足りないからと遠慮する人もいると思うわ。むしろ進んで参加するようにと命じたほうが喜ぶ人が多いかもしれない。

みんなと相談して、どういう形で当日を迎えるか、よく考えないと。

side 久遠一馬

幻庵さんの講義の日。オレはエルとアーシャと信長さんと学校にやってきているが、学校には武士と子弟だけで三百人以上も集まった。家臣を含めるとその数倍以上の人が学校には来たもんだから、敷地内は大賑わいになっている。

時期的に農閑期であることもあるのだろうが、関東の北条家は尾張でも有名だからな。動員をかけていないのに、この人数は正直驚きだ。アーシャなんて集まる人が少ない場合を想定して心配していたのに。

「これほど集まるとは思わなんだ」

幻庵さんと北条家の人たちも集まった人数に驚いているけど、悪い気はしないのだろう。誇らしげな表情をしている人もいる。

関東だと扱いが悪いらしいからなぁ。

最近だと検地が北条家に倣い真似たのは尾張では有名だし。天文十五年の河越城の戦いにおいて、関東連合軍に対して勝ったのは尾張でも知られていることだ。

そういえば、確か河越城の戦いをけしかけたのは今川義元じゃなかったっけ？　自分だけ領地を取り戻してさっさと和睦したのは凄いね。

史実だと日本三大奇襲なんて言われていた戦だ。実際は元の世界の通説と違ったみたいだけどね。この時代とか史実の江戸時代には数字を盛ったりするから。

ちなみに、かの有名な桶狭間の戦いも三大奇襲のひとつだったはず。あとは毛利の厳島の戦いか。桶狭間の戦いは起きないだろう。すっかり織田は変わったし。それに、オレたちがそこまで追い詰められる状況にはしないだろう。

いろいろと歴史が変わりそうだね。

「今後のために駿河守殿の話を書き残してもよろしいでしょうか？」

「某は構いませぬが……」

「ありがとうございます」

ふふふ。太田さんたちには幻庵さんの話を書き残すように頼んである。今後の授業に使えるし、後世に残れば歴史の資料となるはずだ。

そうそう、太田さんといえば最近になり日記を書き始めたみたい。もともとメモ魔だったらしいけど、この時代では貴重な紙がウチの屋敷にはたくさんあるからね。

自由に使っていいと言ったら、日記として日々のことを書き残しているようだ。

本人が現時点でどこまで意識しているかは分からないけど、信長公記かそれに準ずる歴史書を残してくれるだろう。

オレや久遠家のことはいいとしても、織田家の正確な資料を後世に残したい。きちんと役目としてお願いしてもいいかもしれない。考えておこう。

ちなみに、久遠家では書き損じなどで処分する紙は、子供たちの字の練習用に使っている。そして最後には真っ黒になるまで練習して、折り紙にして遊んでいるけどね。

いや、前に暇な時に紙飛行機を飛ばして遊んでいたら、子供たちに見つかって一気に流行ったんだよね。さすがに新品の紙で紙飛行機を作るのは勿体ないって、資清さんに怒られるから字の練習に使った紙で作っているんだ。

講義は人が集まりすぎたので野外でやることになった。講堂というか体育館というか武道場はあるんだけどね。夏場に人を室内に押し込めると暑いし。

それに武士だけじゃなくお付きの家臣や郎党の皆さんも、幻庵さんの話を聞きたいらしいんだ。

天気は薄曇りだから日差しは厳しくない。もっとも直射日光がさしてもいいように、幻庵さんのために天幕を張ったけど。

ただ、聞く人たちの分の天幕はない。幻庵さんと相談して適度に休憩を入れるように頼むか。

「まるで祭りだな」

「……確かに、こういう祭りも面白いかも。楽しみながら学べるなんていいじゃないですか。今後もやれればいいな。いずれは領民にも開放してやりたいですね」

「それはいいわね。学問は多くの者に学んでほしいわ」

集まったみんなは勉強というか、娯楽でも始まるかのように楽しみにしている人たちが多い。

信長さんはそんな人たちを見て不謹慎だと感じたのか少し呆れているけど、アーシャは学問に多くの人が触れられる機会を喜んでいる。いずれ、紙芝居に続く娯楽としてお芝居や落語に歌舞伎なんかを興行してもいいかもしれない。

この時代でも能楽・狂言・猿楽とか大道芸とかあるんだよね。そんな人たちも呼んだりしてもいいし、音楽を聴かせるコンサートとかも面白そう。

「ふむ。やはり久遠殿は面白いの。わしら武士とは違うところから領地と民を見ておる。民にも学ぶ機会や娯楽は必要やもしれぬのう。もっとも関東では食わせるほうが先じゃがの」

領民にも、と言ったオレの言葉に真っ先に反応したのは、他ならぬ幻庵さんだ。やっぱりこの人は凄いね。

「いずれ機会があれば、小田原にて久遠殿に講義をしてほしいですな。海の話や明や南蛮の話。話せる範囲でも皆が喜ぶはずじゃ」

学ぶということの大切さをよく理解している幻庵さんの凄さが分かる。さらに小田原にて講義をということは、北条と織田の誼をもっと深めたいと考えているのか。

どうなるんだろうね。本当。

side：武田晴信

「北条長綱が尾張に行ったか」

「はっ」

塩尻峠にて勝って上田原の大敗から立て直した矢先に入ってきた北条長綱の動きに、しばし考え込んでしまった。

尾張では守護の斯波武衛家がすでに力を失い、織田が台頭しておることは知っておるが、長綱が自ら尾張まで行くとは。新たな同盟先でも探しておるのか？

「それにしても尾張は豊かなのだな」

尾張の金色酒なる酒が、いつからか甲斐にも入ってくるようになった。高価ではあるがあの味の虜になった者も多い。

他にも砂糖・胡椒・鮭・昆布などの高価な品から絹や木綿まで、近頃はすべて尾張物だ。甲斐の金も幾ばくかは対価として尾張に流れておると聞く。

「噂の久遠の力は相当なようでございます」

尾張の虎のことは知っておる。近頃は仏と呼ばれておるらしいがな。奴の倅が召し抱えた久遠一馬なる男が織田に莫大な富をもたらしたようだ。

毎月、数隻もの南蛮船が尾張に来ると聞き及ぶが、久遠一馬はいかほどの船を抱えておるのだ？

船とそれを動かす人手を考えると、奴一人で一国の国主に匹敵する力があるのではないのか？

少なく見積もっても国人衆とは明らかに桁が違うはずだ。

「海があるというのは、羨ましい限りだな」

甲斐は山国だ。故に南蛮船どころか水軍すらない。正直なところ甲斐では塩すら貴重なのだ。他家を羨んでも仕方ないが本当に羨ましくなるわ。

「甲賀の望月家が家を分けて久遠に仕官しております。他にも甲賀の滝川や甲賀衆を大勢召し抱えておりまして、なかなか守りが厳しいようでございます」

久遠は素破を使うか。武家は素破を侮り、軽く見がちだが、素破の働きは雑兵とは比較にならぬ。下手な武士より役に立つ。

甲斐は山国故に、自ら世情を集めねば入ってくることもない。故にわしは素破を使い世情を集めておったが。新参者である久遠が同じく素破を集めておるとはな。

「久遠も世情を集めておるのやもしれんな」

「久遠と繋がる商人は、伊勢から関東にまで広がっております。その恐れは十分あるかと思われまする」

「今川は気が気ではあるまいな」

北条と織田が結ぶとなれば対今川ということになろう。北条は先の戦で今川と和睦した際に返還した駿河の河東を欲しておるのか？　関東管領と組んだ今川を信じられぬのは理解するが。

北条と今川が争えば、我が武田家も信濃に専念出来なくなる。なかなか難しいな。

「織田か。少し誼を通じておきたいところだが、信濃はまだ予断を許さぬし、今川領を通り行くしかないか」

「よろしいのでございますか？」

「今川とて織田と商いをしておるのだ。否とは言えまい。だが、まずは望月にやらせるか。本家と枝分家なのだからな。久遠の内情を少しは知れるやもしれん」

台頭してきた織田が美濃に進んでも三河に進んでも、いずれは隣国になるやも知れぬ。あまり多くの人を配するほどではないが誼を結んでおいて損はあるまい。

武田は織田とは特に繋がりはなかったが、噂の久遠とは望月が繋がっておる。今川がそう容易く負けるとは思わぬが、今のうちから探りを入れる必要はあろう。

side：久遠一馬

「小田原ですか？」

「うむ。こちらも使者を出して北条を見極めるべきであろう」

幻庵さんの講義は結局二回に分けて行われた。人が多すぎて後ろの人は聞こえなかったんだよね。

幻庵さん自身が二回に分けることを言ってくれて助かった。

こういう気遣いが出来ることが、幻庵さんと北条家のイメージアップに繋がっている。

ただ、さすがにそろそろ相模に帰る頃なんだけど、ここで信秀さんがとんでもないことを言い出した。今度は小田原にお出掛けですか？

まあ、対等な立場で誼を深めることを考えるのならば、一方的に来るよりはこちらからも出向かねばならないのは確かだ。西堂丸君が来たから信長さん辺りが行くのが筋と言えば筋だけどね。

「しかし、今川がいかに思いますか」

「この程度で騒ぐのならば戦をすればいいだけのこと。大義名分はあるのだ」

懸念は今川だけど。信秀さんは動かないと見ているのか。まあ今川が動けば、本当に織田と北条の同盟が成立しそうだけどさ。

「南蛮船で行けぬか？　駿河守は南蛮船に乗りたいと言うておるし、相模まで送るついでに使者を同行させれば名目としてちょうどよかろう」

「分かりました。すぐに必要な船を手配します」

南蛮船で小田原に行くのか。ちょっとした黒船来航みたいになる気がする。ただ、南蛮船で行けば軽く見られることはなさそうだ。それも狙いか。

「よし。船は任せる。三郎と孫三郎に伊勢守も同行させるか」

「佐治殿も同行をお願いしたいです。小田原まで行くには駿河の海より西の遠州灘は少し難所のようなので、初めての者が越えていくのは博打紛いです。ただ、佐治水軍ならば当家と共同で無理をせずに行くことが叶いますので、経験も積めればと思います。今後は、佐治水軍にも外洋に出てほしいので」

「よかろう。わしから文を出しておく」

　織田も大きくなったからな。外交も本格的に必要か。贈り物とか選別しなきゃな。


「小田原に行くのであれば、それなりの数の船が必要ですね。島からの輸送ガレオン船の運用はそのままで、尾張の交易を止めてはいけませんから。津島配備船を伝令に出してガレオン船・キャラベル船を追加で呼び寄せます。ガレオン船一隻・キャラベル船三隻で船団を組むべきですね。キャラベル船は本来商船ですが、多少の武装を施せば、船足が速く小回りが利くので日ノ本の海賊には有効です。それと、佐治水軍の新造船一隻と改造商船を五隻は欲しいですね」

　屋敷に戻るとエルと小田原行きについて相談する。信秀さんの話では、同行する人は船乗りを除いて百二十人ほどだ。

「多くないか？　戦に行くわけじゃあるまいし」

「この機会に織田の力を見せつけるべきです。そもそも北条家は格上。今後の外交交渉を考えるとこの程度の船団は必要です。それから、まもなく熱田配備予定のキャラベル船が到着します。ウチの船が尾張の港に常駐する体制を維持するつもりです」

船と航路についてはエルにお任せだけど。予想以上に船が多くて驚く。外交交渉って完全に砲艦外交みたいなんだね。

「某もエル様の意見に賛成です。商いと銭で織田は大きくなったと、軽く見ておる者もおります。それに今川にも良き策になるかと」

いいのかなと少し悩むけど、資清さんと望月さんも大規模船団に賛成していた。やっぱり力を見せつけないと駄目か。

「では、さっそく配下の者を先行させます」

望月さんは早くも情報収集のために、忍び衆を小田原に先行派遣することにしたみたい。やっぱり優秀だな。

「しかし、まさか小田原に行くことになるとはね」

「いい判断だと思います。織田弾正忠家は若い家です。北条家に学ぶべきものがあるでしょう。それに、会わずに外交をするよりは会ったほうがいいのは確かですよ」

エルの言うことはもっともだ。ただ、信秀さんはウチの影響を受けて変わったと実感する。

なんというか、真っ先に畿内に行かず将軍に挨拶もせずで、関東の北条家に行くなんて普通の大名ならやらないだろう。

まあ、信秀さんは義統さんの家臣で大名じゃないんだけどね。そこを上手く使っている。

史実だと、この頃の織田は美濃と三河で負けて大変な時期だからな。それが、この世界では尾張を統一して内政と外交に力を入れているくらいだ。えらい違いだな。

「関東か。鶴岡八幡宮とか行けるかな？」

「鶴岡八幡宮は行くべきでしょう。ちょうど北条家の先代が戦で焼かれたのを再建しています。武士にとっては特別な場所ですから」

この時代だと江戸は田舎で町すらないだろう。でも、小田原とか鎌倉とかいろいろとあるはずだ。特に鶴岡八幡宮は源頼朝と関係が深いからな。信長さんたちは行きたいだろう。

オレは、温泉とか行きたいな。でも、そんなにあちこち行けないかな？

side：北条幻庵

「父上も、さぞ驚かれるでしょうね」

「うむ。帰ったら謝罪せねばならぬことが増えてしまったのう」

悪いことではないが、少しばかり勝手なことをし過ぎたのは確かじゃな。帰ったら殿には謝らねばなるまい。

されど、織田との誼を深めたばかりか南蛮船でわしらを送り、織田からも使者を出すとは、弾正忠殿も思いきったの。

小田原の者たちに南蛮船を見せれば、さぞ驚くであろう。

「久遠殿は、さらに船を呼び寄せるとか」

「織田の力を関東に見せたいのであろう。かつて鎌倉にて頼朝公が治めたせいか、坂東武者は誇り高い。得体の知れぬ余所者と言われて軽く見られては今後に障ろう」

弾正忠殿は隙がないの。いや久遠殿か？

この機会に小田原を訪れ、北条と関東の者たちに織田の力を見せれば、今後の商いも捗るというものじゃ。

北条としても悪うない。こちらから尾張に出向いた返礼にと、虎の子の南蛮船で送ってくれるのじゃ。今川が少し気になるが関東諸将に与える心証は計り知れぬ。

特に里見などはいかな顔をするか見物じゃな。

「帰りがまた延びてしまいますな」

「なに、構わぬ。わしは帰るまで学校で教えることにする。先のことを考えれば、織田には明や南蛮のことを教わらねばならぬのだ。良い機会じゃ」

出発は天候にもよるが二十日後。いかにも、久遠殿の本領から船を呼び寄せるのにそのくらいかかるようじゃな。

南蛮船を知らぬのでいかんとも言えぬが、片道十日か。船ならば近いと言えるかの。

臣下に収まっておるが、弾正忠殿と三郎殿は半ば同盟者のようにも扱っておる。当然と言えば当然じゃが。

久遠殿はよく分からぬところがあるが、甘く見れば、ろくなことになるまい。

「某は医術も教わるべきだと思いまするが……」

「うむ。確かにの。じゃが医術はそれなりに長い時をかけて学ばねばならぬ。誰を尾張に寄越すか考えねばなるまい。無論、我らに明かしてくれるのか、なれば対価はいかほどか。懸念は多い」

明や南蛮の知識に医術。教わるべきことは多いが、久遠殿もすべてを教えてくれるわけではあるまい。結局、尾張たたらは見せてもらえなかったからの。

対価はもちろん必要じゃが、その前に北条と織田の確かな誼と繋がりを構築せねばならぬな。三郎殿の奥向きに隙があるか。

「西堂丸。腹の具合はいかがじゃ？」

「はい。ようございます」

「虫下しといい、ケティ殿の薬はよく効くようじゃの」

まずは商いをして、途絶えることなく誼を深めることから始めるべきじゃな。

思案すべきは北条から売る品物か。馬以外にもいずれか欲しいのう。米や雑穀ばかりでは困る。北条もさほど余裕があるわけではない。

そもそも、北条家は所領は広いが、北条でなくばない品はあまりない。織田は他では買えぬ品が多いうえに、尾張は米もよく取れる。羨ましいのう。

並の職人や商人ならば小田原に呼び寄せることも出来るが、久遠殿はそうはいかぬ。織田と久遠殿の利になりつつ北条の利になる品物はいずれかないものか。

焦っても仕方ないの。本当に西堂丸を連れてきて良かった。

半端な身分の者では役に立たなかったわ。

西堂丸には出発までの二十日間、三郎殿に久遠殿としかと誼を結んでもらわねば。

三河と美濃は、いずれ織田の所領になる恐れが十分にある。三ヵ国を治める頃には西堂丸も元服しておるであろうしな。

side：佐治為景

「殿。いかがされましたか？」

「いかにやら、小田原に行くことになりそうだ。北条駿河守殿らを船で送るついでに、織田からも使者を出すらしい」

　清洲の殿から文が届いたが、これまた驚くべきことが書かれておるわ。久遠殿の南蛮船と共に、当家の船も小田原に行くようにとの命だ。

　そして、久遠殿からは新造船と改造船を出してほしいとの文が届いておる。

「我らは、せいぜい近場の外海までしか行ったことはありませぬが……」

「久遠殿は大きな南蛮船一隻に一回り小さな南蛮船を三隻出すそうだ。我らも同行することになるようだ。外海を走ることもやってみねばならぬしな」

　殿は北条と誼を深めて、いずれは同盟をとお考えであろうか？　確かに今川を相手に考えるのならば北条と同盟を結ぶべきであろうな。

さすがに南蛮船と共に行くのは、当家の久遠船でなくば出来ぬことか。されど、南蛮船を四隻も集めるとは。久遠殿の名は関東に知れ渡ることになるな。

「そういえば善三殿らはいかがしておる？」

「はっ、船大工たちと仲良うなり、新造船の仕上げをしております。さすがは大湊の船大工ですな」

それと先日、伊勢の大湊から船大工がやってきた。いずれは蟹江に仕事場を与えるようだが、善三殿は先行して来ておった者らと共に、南蛮式の改造船を造っておる当家で学びたいと言うたらしい。

久遠殿に頼まれて彼の者らを預かることにしたが、上手くやっておるようでなによりだ。

「あの黒い塗料は見映えがいいな。改造船にも塗るか」

「それはよき考えでございますな」

久遠殿の船は黒い故に威風があり堂々としておる。久遠殿の勧めで、船が長持ちするからと新造船には黒い塗料を塗ったが、改造船にも同じ塗料を塗るか。黒で統べるしつらえにしたほうが良かろう。

端から見たら当家が久遠殿の傘下に入ったように見えるかもしれんが。久遠殿からの仕事で当家も潤っておるからな。

それに、近い将来、織田の水軍は久遠殿に任されよう。さすれば、結局は変わらんことになる。

久遠殿の話では、小田原に船を出すには南蛮式の航海術がいいらしく、いずれは当家に小田原と尾張を結ぶ船を任せたいとのこと。聞いた話だと遠州灘が遠浅でくせ者だと言うが。

他の商船と違い、沖合いを走れる船ならばいいと聞く。当然儲かると聞き及ぶ。断る理由もない。

すでに戦のない世を考えるような御仁を敵に回すなど、間違うても出来ぬわ。

他にも久遠殿の勧めで冬に海苔を育てるばかりか、牡蠣も育てられるようで試しておる。

「それにしても、我らが関東にまで行くことになるとはな……」

「まったく驚きですな」

かつて関東は武家の中心だった。

今では古き権威と新しき者らの争いになっておるが、我らが南蛮船と共にさような関東に乗り込むとは。

「ふふふ。先々の伝承に残るかもしれぬな」

「伝承に、でございまするか？」

「それだけ名を轟かせよう。苦労して南蛮の航海術を学んだ甲斐があるというものだ」

伝承の主役は誰であろうか。清洲の殿か、あるいは那古野の若殿か。もしかすると久遠殿かもしれぬな。

我らは伝承の主役にはなれぬだろう。だが、たとえ脇役でも確実に伝承に名が残ると思えば悪くはない。

いかがなるか楽しみであるな。

天文十七年夏。尾張を訪れた北条長綱が、織田学校にて講義をした記録が残っている。

記録したのは織田家や久遠家に関する書物を数多く残している太田牛一で、当時は伊勢宗瑞と呼ばれていた北条早雲の話や河越城の戦いに関する話で盛り上がったとある。

あまりに人が集まりすぎて、急遽長綱の講義を数回に分けて行ったほどで、初代学校長であった天竺の方こと久遠アーシャも驚いたとの記録がある。

長綱は領民にも気さくに接するような人物であったためか、尾張の武士たちとも早くから打ち解けていたようで、平手政秀や久遠一馬が彼の人柄を気に入り絶賛したとの逸話もある。

また実子である長綱の語る早雲の話や河越城の戦いに関する話は、他に資料が乏しいことと太田の生真面目な記録のおかげで現在では第一級の資料として認められている。

なお、この太田牛一の直筆の資料は、現在も織田学校に現存している。


皇歴二七〇〇年刊行の歴史書『新説大日本史』より抜粋

第一章　やってきた仲間と夏の日々

side：久遠一馬

湊屋彦四郎さんが那古野に到着した。伊勢大湊の会合衆からウチの家臣に転身した人だ。歳は四十代半ばくらいだろうか。この時代の人にしては少し恰幅がいい。

「よろしくお願い致しまする」

さすがに元会合衆。挨拶も堂々としている。

「湊屋殿は、商いのほうで働いてもらうことでいいかな?」

「もちろんでございます。戦には若い頃に出た覚えもございますが、あまり期待されてもお役に立てるかどうか」

どこまで信用していいか少し迷うけど、ゆくゆくは他の商人との交渉など任せたいとエルたちと話している。

資清さんたちも頑張ってくれているけど、商いは専門外なんだよね。

「ああ、戦には出なくていいよ。商いでもちゃんと禄と褒美は出すから」

「はっ。これでも大湊では会合衆をしておりました。必ずやお役に立ってみせまする」

役に立てるか分からないと言いつつ、戦でもやる気になっている。冗談か本気か分からないが、その意気込みとコミュニケーション能力は評価したい。戦には駆り出さないから、商いで頑張ってほしい。

「なるほど……。では、御家が直に畿内に品物を売る気はないと」

「武家と商家が一体なのが、ウチの強みであり弱みでもある。畿内の争いに巻き込まれるのは困るんだよね」

　そのままウチのやり方とか基本的な方針を説明する。さすがに一流の商人だね。理解が早い。

「桑名はいかがするおつもりで？」

「執り成しを頼まれた？」

「はっ。期待するなとは言うておきましたが」

「あれは大殿の裁断だから。オレにもどうしようもないね」

　湊屋さんは、やはり桑名の商人に執り成しを頼まれていたみたいだ。まあ、オレが桑名でも頼むだろう。

　残念だけど一向宗である願証寺を後ろ盾とする桑名とは、これ以上誼を深める理由はない。

「桑名の様子はどうなりそう？」

「東海道の湊故、生きていくのに困るほどではありませぬ。されど、これ以上の利を失えば、商人の顔触れが変わるくらいはあるかと思いますな」

「そうか。先の戦に関わっていない旧知の商人がいるなら、尾張に引き抜いてみる？　清洲なら店を出せるように取り計らえるよ。人柄とか悪くないなら、いつかは蟹江の港にも店を出させてもいい」

「……桑名を揺さぶるおつもりで？」

「どう受け取るかは桑名の勝手だよ。先の戦で敵対していない商人に罪はないしね」

エルたちと以前から考えていた桑名に対する策のひとつが、商人の引き抜きだ。湊屋さんの初仕事にはちょうどいい気がする。

桑名に罪はないとは言わないけど、現状では必要でもない。長島の願証寺の力は削いでおきたい。蟹江の賦役に人足を派遣しているから願証寺には相応の利は渡しているけど、代わりに利権と力を少しずつ削いでいく方針は変わらない。

最終的には穏便に武装解除まで持っていければ儲け物だね。

「お任せを。某の知る者の中には、先の戦では一切動いておらぬ者もおります。織田に従う者や波風を立てぬ者を引き抜いてご覧に入れましょう」

「必要な銭はウチで出すから。一時の銭で済むなら黙らせていいよ」

どうやら湊屋さんは、ウチの意図をちゃんと理解してくれたらしい。自信ありげな笑みで答えてくれた。

桑名の商人すべてを切り捨てる必要はないんだよね。使える商人とか友好的な商人には手を差し伸べないと。

湊屋さんと大湊の丸屋さん以外にも、ウチの方針を理解してくれる商人は欲しい。湊屋さんには頑張ってほしいね。

「ああ、今夜は歓迎の宴にしようか。肉は食べられる？」

「はっ！　肉も頂きまする！」

一通り話も済んだので歓迎の宴を開こうかと言ったら、湊屋さんの表情が一変した。明らかに期待した表情で嬉しそうなのを隠せない様子だ。

もしかして、食べ物に釣られてウチに来たなんてことはないよね？

side：三河本證寺領の元農民

「ここが清洲か。凄い町だな……」

生まれ育った村を逃げ出したおらたちは、とうとう尾張の清洲に辿り着いた。他にも、三河の松平様の領地からの流民と一緒だ。

与えられた家は清洲の長屋になる。村にあった家よりは少し狭いが、家族八人で暮らせないこともない。なにより銭も仕事もないおらたちに家を貸してくれたことには感謝しかない。

「あんたたちも三河からかい？」

「はい。食うていけなくて……」

「そうかい。良かったね。ここまで来れば大丈夫だよ」

長屋の隣は数ヵ月前に同じく三河から来た一家らしい。あまり表沙汰にはしておらぬようだが、尾張には周辺から流民が集まっておるんだとか。

織田のお殿様の命で荒らされて放置してある村を再建している者や、新しい村を作ったりしている者もおるらしいが、おらたちは清洲の普請場で働くように命じられた。

なんでも清洲のお城を改築して、町も広げておるんだと。賦役だと聞くが、働けば銭や食べ物が貰えるらしい。

本證寺だと賦役はなにも貰えんかったが、織田のお殿様の領地では、賦役での稼ぎで飯を食う者も結構おるんだと教えてくれた。

「小さい子は、そこの玄さんが預かってくれるよ。若い頃に戦で手傷を負って働けないから、子守りして食っている人だからね」

まだ働けぬ子を長屋の人に預けて、おらたちは翌日から普請場で働くことになった。

場所は清洲の町の外になる。町を広げるために湿地を埋めて整えるらしい。

「あの、妻と子らは……」

「案ずるな。女と子らは別の仕事だ。男と同じことをさせるなと言われておるんだ。子らには読み書きも教えてくれるからな。ありがたい限りだ」

現場に着いて早々、妻と子らは別のところに連れて行かれてしまった。慌てて近くの兵にそのことを尋ねると驚くべき答えが返ってきた。

女衆は力の要らぬ仕事と昼食の支度をさせるらしい。子らに至っては土を入れた土地を踏み固める役目を与えられた後に、文字の読み書きまで教えておるという。

三河の村では、長老衆でも僅かな者しか読み書きなんて出来なかったというのに。

「おーい、新入り。休め」

「あっ、はい？　休んでよいのでございますか？」

「ここでは、昼の他にも二回休ませる。あっちに物売りも来ているから、銭があれば食うてもいいぞ。あと、白湯ならただで貰える」

「いや、おらは……」

「懸命に働けば、そのうち食えるようになるさ」

仕事は大変だった。離れた場所から土を運ぶことや、堀を掘ることもやらねばならない。

ただ、ここの道具は故郷の村とはまったく違う。鋤や鍬は鉄をふんだんに使ったもので丈夫なうえ使いやすく、土を運ぶのも荷車を使う。

それと驚いたのは、休みがあることだ。昼の前に一度と、昼の後にも一度休みがあるらしい。賦役といえば朝から晩まで休みなく働くと思うておったが、尾張は違うな。

休みになると、物売りが普請場に姿を見せていた。麦湯に魚や握り飯などを売っておる。

「皆の者、控えよ！　控えよ！」

休みの時も残り僅かとなった頃、普請場の様子が険しくなった。兵の様子が変わり何事だと皆が慌ててその場で控える。

「どなた様でございましょうか？」

「ありゃ織田の若様と久遠様だな」

何事かと思いつつ周りに合わせて控えていると、おかしな格好をした若侍と商人のような男、それと見たこともないような髪の色をした女らがやってきた。

織田の若様らは普請場を見に来たようで、あちこち見分している。

「あなた。新入り？」

「ははっ！」

「お昼食べたら那古野の病院に来て」

「えっ⁉」

「へい！　必ず行かせます！」

無礼があってはならないとただ控えていたが、若様の侍女様にしては着るものが上物の若い女に声をかけられてしまい、いかにしてよいか分からず戸惑うてしまう。

偶然一緒に働いていた男が代わりに返事をしてくれたが、わけが分からない。病院とはなんだ？　おらは無礼でも働いたのか？

「あの……」

「久遠様の奥方様である薬師の方様だ。南蛮の医師で、尾張だと知らねえ奴はいねえほどのお方だ。仕事はいいから病院に行ってこい」

「でも働かないと食べ物が……」

「案ずるな。薬師の方様に呼ばれた奴は病だから食わせてもらえるし、一家も気にかけてもらえる」

薬師なんて初めて見た。まだ十代の娘にしか見えんのに。

そもそも銭もない流民のおらを、お武家の奥方様が何故診るんだ？　故郷だとお坊様ですら、銭がないと診てくれないのに。

「若様から水飴を頂いたぞ！　今から配るから並べ！」

「みっ、水飴⁉」

「今日はついてるな。若様は時折差し入れを持ってきてくださるんだ」

若様が帰ったと思い一息つくが、水飴⁉

ついているという程度のことなのか？　おらは水飴なんてこの歳まで食うたこともないぞ。

甘い……。

こんなに甘いものが世の中にはあるんだな。妻と子らも辺りを見回して探すと、それぞれに女衆や子らと一緒に水飴を食うていた。

涙が出そうになる。

すでに泣いておる者もいる。一緒に三河から来た男だ。

年老いて逃げられないおっ母を置いてきたと旅の途中で話していた。せめて生きられる者だけでも逃げろとおっ母に言われて、泣く泣く家族を連れて逃げてきたらしい。

男の悲しみが回りに伝わったのか。少ししんみりとした場の中で、水飴を愛しそうに皆が舐めていた。

何故、仏様に仕えるお坊様は、おらたちにあれほど厳しかったのだろう。

何故、尾張の織田のお殿様は、おらたちにこんなにも良くしてくれるのだろう。

昼は味噌味の雑炊だった。しかも、ただの雑炊じゃない。麦や蕎麦に魚まで入っている贅沢な雑炊だ。

お代わりも出来るようで、大きな鍋に幾つも作った雑炊はすぐになくなっていく。

「あの、病院に行くように言われたのでございますが……」

「行ってこい。ただし、家の者には話してから行けよ」

食った後におらは、同じく薬師の方様に声をかけられた者らと一緒に那古野の病院に行くことになった。

ここでは薬師の方様に声をかけられた者が、病院に行くのがよくあるらしい。銭がないことも言うたのだが、銭は必要ないとのことだ。

「これが病院？」

「城みたいだ……」

清洲から那古野まで歩き、着いたところは、お城かお寺かと思うほど立派なところだった。

「そこの井戸で手足を洗い泥などは落としなさい」

「あの……銭がないのでございますが……」

「銭は必要ありません。お方様の診察に呼ばれるまでは中で待っているように」

あまりに立派な建物に、おらと一緒に来た者らは門の前で入っていいのか分からず立ち尽くしておったが、中から侍女様のような女が出てきて案内された。

脇差しと荷物を預けると身を綺麗にして、言われた通り中に入る。

そこは老若男女がおって身分も様々なようだ。おらたちは邪魔にならないように隅のほうで大人しく座る。

「この薬を食後に一日三回飲んで。五日後の午後にまた来て」

おらを診てくれたのは薬師の方様だった。あまり嗅いだことのない匂いのするところで診てくれたが、なんと答えてよいか分からず、ただ返事をしている間に薬を出してくださった。

「おらは病でございましょうか?」

「大丈夫。薬を飲めば治る。だからちゃんと薬を飲んで」

結局、薬師の方様はいかなる病か教えてくださらなかった。だが銭を取るわけでもないので、騙しておるわけではないと思う。

「暮らし向きに困っているのですか？　少し痩せすぎていますね」

「昨日清洲に来たばかりなので……」

「そうでしたか。少し食べ物を渡しましょう。よく食べて薬を飲みなさい」

薬師の方様に診ていただいた後には、壮年の女に住まいや日頃食べているものなどいろいろと聞かれた。

わざわざ紙に記すほどのことなんだろうか。

逆らえる身分でもないので素直に従うが、帰りには野の菜や鶏の卵に魚の干物などを貰えた。家族が多いと話したからか結構な量だ。

「早く体を治して、しっかりと働いて恩を返しなさい」

さすがに申し訳なく遠慮しようとしたが、壮年の女に叱られてしまった。厳しい言葉だがその通りだ。

三河から清洲までの旅の路銀や飯代は、すべて織田のお殿様から頂いたものだ。おらはその恩を返さないといけない。


しかし、分からねえ。尾張と三河は隣国で、しかもおらの故郷の村は、織田のお殿様の領地と目と鼻の先にある。それなのにここまで違うとは……。

口には出せないが思う。

お坊様が村を治める必要があるのかと。

お坊様はなにかにつけて罰が当たると言うが、あれはまことなのかと。

分からない。

分からないが、おらや家族が故郷の村に帰ることも、本證寺のお坊様を頼ることも二度とないだろう。

おらはここで、尾張で生きていく。

side：平手政秀

「おかしなものでございますな。若のその格好も、今では気さくで親しみやすいと民に評判だとは」

「装束の良し悪しで変わる権威などオレは要らん」

若の供として、わしは一馬殿の船にて佐治水軍の大野城に向かっておる。

若の格好はいつもと変わらぬ。一年程前までの大うつけと呼ばれた格好のままだ。だがおかしなもので、若を大うつけと呼ぶ者はもう尾張にはおらぬかもしれぬ。

家中においても若の立場は確固たるものとなった。すべては、この船の持ち主である一馬殿を若が召し抱えた故に。

織田家中でも一馬殿は別格じゃ。臣下であることに変わりないが同盟者のようでもある。殿はいつの間にか我が子のように案じたり期待したりされておられ、若は無二の友や兄弟のように見ておるのやもしれん。

「左様でございますな。今の若にはそう言うだけの力も功もあります故。某も異を唱えることが出来ませぬ」

「いかがした？　爺。そなたらしくもない」

若は変わられた。胸の内に抱えるものは変わっておられぬものの、余裕が生まれたようで随分と人当たりが良うなられた。

土田御前様とも以前はあまり口を利けぬほどであったが、近頃では土田御前様が若に小言を言うようになられた。皮肉なことだが、土田御前様も若も互いに今の様子を喜んでおられることがわしには分かる。

「いえ。若も御立派になられたと思いましてな」

最早、清洲三奉行の織田弾正忠家ではない。織田一族の宗家にして尾張を治める家柄。

他家ならば家督争いのひとつやふたつあってもおかしくないところを、若は己で殿の世継ぎを勝ち取られた。

一馬殿のような男を臣下としながらも、妬むわけでも恐れるわけでもない若は紛れもなく殿の世継ぎに相応しい。

「駿河守になにか言われたか？　そなたはまだまだ長生きするわ」

「無論、百まで生きて、若と一馬殿の世を見るまでは死ぬつもりはありませぬ」

「くっくっく。それはいい。オレに子が生まれたら、また傅役をせよ」

願わくば若と一馬殿が見据えておる世を、この目で見てみたいものじゃな。

尾張に来た駿河守殿と話をして、わしは感じた。北条家ですら、いつ危うくなるか分からぬと案じておることを。駿河守殿が、いつ命が尽きるとも分からぬことを覚悟しておることを。

気が付けば同輩の者も少のうなった。わしもせめて若の御子のひとりでも見るまでは頑張らねばならぬな。

side：久遠一馬

「さすがは佐治水軍。見事に操船していますね」

関東行きが正式に決まり準備は各地で進んでいる。まずはウチの新しい熱田配備のキャラベル船と佐治水軍の合同訓練を始めた。

ちなみに津島・熱田の両配備船は表向きの武装を載せることにした。秘匿装備・兵装は元からあるけど、港の人たちは武装船が駐港することで安心するらしい。熱田配備船はシンディからの要望も強かった。科学技術のバックアップに選択肢が増えるからね。

佐治水軍の新造船は最終調整中のようで改造船を使っての訓練になるが、大きさは関船くらいあるみたい。

実はまだ安宅船が普及する前みたいで、佐治水軍にはなかった。佐治水軍の規模だと関船と小早で十分という理由もあると思うけど。

元々の佐治水軍の仕事は領海を通る船から税を取る海賊業が本業で、船での輸送業もしているようだったからね。

小競り合いとかはあるらしいが大規模な海戦なんてないから、安宅船みたいな船は必要ないんだろう。

「これしきのことならば当然ですな」

小田原までの航路は黒潮に乗れるうえ、追い風だから行きは沖乗りで行く予定だ。帰りは黒潮に逆らううえ、向かい風になるからジグザグ航行することになり日数がかかるし、そろそろ台風の時期なので天候次第では今川領の沿岸を戻ることになるかもしれないけどね。

航路は佐治さんと一緒に決めた。エルは沖乗りと地乗りの二航路を計画したけど移動日数が倍以上も違うんだよね。

最終的には佐治さん次第だったんだけど、佐治さんの要請でウチの船乗りを佐治水軍の船にひとりずつ乗せる形で沖乗りに決めた。

派遣する船乗りは通常型の擬装ロボットではなくバイオロイドにする予定。

バイオロイドは生体ロボット、生身の身体に頭脳となる中枢部がＡＩになっている。

当然ながら量産型のロボットよりもコストはかかるけど、現状だと宇宙要塞の製造能力はほぼ使っていないからね。問題はない。

エルたちのような有機アンドロイドは脳も生身の人造人間といえるが、基本的にアンドロイドはワンオフ仕様なので同じ個体はまず創れない。

ただ、バイオロイドもロボットであることに変わりはない。怪我をすると血が流れ、痛いと表現はするけど痛覚はない。

擬装ロボットとの違いは、生体ボディを維持するために食事が必要になること。

擬装ロボットも食事をするふりを出来るが必要はない。対してバイオロイドは生体ボディを維持するための食事が必要となるので効率は良くないんだよね。

今までは大半を擬装ロボットで誤魔化してきたけど、今後は擬装ロボットとバイオロイドを使い分けていく予定だ。

ちなみに両者とも自立型ＡＩにより稼働するが、宇宙要塞のメインコンピューターと連動しているので、管理自体は物凄く楽になる。

バイオロイドは元々アンドロイドを創れないプレーヤーが、アンドロイド代わりに使っていたものだ。いわゆる無機物のロボットに囲まれるのは嫌だという、ワガママなプレーヤー向けに用意されたものになる。

まさかオレが戦国時代に来て使う羽目になるとは思わなかったけど。さすがに何日も一緒に佐治水軍の船に乗せるならロボットだと不安だからね。

バレないとは思うが、なにかの拍子に変な誤解が生まれても困るし。

九州辺りで海外に奴隷を売り始めたら、その人たちを助けてシベリアや南方の島に移住してもらい、領民にしてもいいかもしれない。

「しかし、随分と良い地図、いえ海図ですな。すでに東も地図を持っておったとは……」

「海図は船乗りにとっては『命よりも大切なもの』と、当家では教えているほどですから。蝦夷に行く時などに調べていたんですよ」

少し話は逸れたが、佐治さんには今回の計画を前に新しい海図を見せている。伊勢湾から関東までの沿岸と沖合いの海図だ。

海図自体は無人潜水艦や人工衛星で調査した情報を基に、この時代でも作れる地図より少し精巧な程度にしてある。わざわざスペックダウンするのもなんだけど、元の世界の海図なんて見せられないし。

　言うまでもないかもしれないが、海図はこの時代には存在しない。そもそも地図自体もいい加減で測量とかしていない時代だからね。

　欧州でも目印の山とか島のお絵描きと、どこから何日とかのレベルだ。それでよく地球儀なんて作れたと思う。

「何事も事前に探ることが大事ということですな」

「ええ。特に外海は季節・天候によって風や潮の流れが変わることもありますから。沖に出るには十分に探らないと」

　佐治さんは西洋式航海術を学んでいるし、ウチとの交流もしているから意外に考え方が先進的になってきたみたい。勘と経験があればいいんだなんて言い出さなくて良かったよ。

「久遠殿の島はいずこに？」

「ああ。ちょっと待ってくださいね。別の海図になりますから。……あぁ、ここがウチの本領の諸島ですね」

　訓練する船を大野湊から眺めていたが、ふと佐治さんがウチの島の場所に興味を持ったので、同じく事前に用意していた小笠原諸島の描かれている海図を見せた。

「随分と小さな諸島ですな。しかも、周りには大きな陸もない。これでは誰にも見つからぬわけですな」

「ほう。ここがお前の島か」

「遥か海の向こうですな」

話がウチの本領になると、湊で釣りをしていた信長さんや政秀さんも海図を覗きに来た。実はジュリアが木製のリールで釣りを始めたら、信長さんたちが興味を持って一緒に釣りしていたんだよね。

「拠点は他にも幾つかありますけどね。近頃の南蛮船は北で造っていますから」

「北とは？」

「南蛮船を作るには、大きな木材が大量に必要なんです。ウチの島は小さいので、人のいない島や人の少ない僻地に村を作って勝手に領地にしているんですよ」

小笠原諸島って地図で見ると小さいんだよね。せっかくなんで南蛮船の製造拠点の話とか少ししておこうか。将来のためにもね。

「何故、人のおらぬ場所を選ぶのだ？」

「欲しいのは土地や木材などなんです。異なる国の者なんて欲しくありません。人を治めるのは大変ですから。子を産めば人は増えます」

ただ、佐治さんも信長さんも政秀さんも、無人の島や僻地のどこがいいのかあまり理解出来ないみたい。

日ノ本で言えば、畿内とか要らないと言っているようなものだからな。この時代の人は京の都と畿内を押さえて天下に号令をかければいいと考えるからね。

「ふむ。面白いな。人は皆栄えておるところを目指すというのに、そなたらは逆に行こうとする」

「織田が畿内を目指さないのと同じですよ。古き権威もなく弱い者は僻地で力を蓄える必要があるんです。栄えているところで欲しいのは知識と技のみ。権威は欲しくありません」

「都の者たちに聞かせてやりたいわ」

オレの言い分をある程度でも理解してくれた信長さんに改めて驚く。理解力が凄いな。まあ本音を言えば統治自体が面倒なだけなんだけどね。オレたちは宇宙要塞があれば生きていけるから。

言えないよね。歴史上の偉人を見に来たら巻き込まれたんで、自分たちの生存圏を確立するために動いているなんて。

そういえば史実において織田信長は明を攻めるつもりだったなんて説もあるけど、この世界の信長さんはどう考えるんだろうね。

海外に出るのはいいが、朝鮮や明は止めてほしい。

戦をしたいなら、北アメリカで南蛮人を相手にでもしてほしいところだ。

side：シンディ

ここ熱田の屋敷もだいぶ落ち着きました。品薄だった金色酒をすでに造っていますが、その他にも商いの品で蔵はいっぱいですわ。

熱田の商人たちも私たちが屋敷を構えたことを喜んでくれています。

「困ったネ」

「ええ、とはいえこのままというわけにはいきませんわ」

ただ、すべてが順風満帆とまでは言えず、この日は懸案事項の対処のために津島のリンメイが来ていますわ。実は伊勢桑名との取引停止の余波が尾張の商人たちを襲っているのです。

尾張は、美濃・伊勢・三河と、近隣の経済の中心地となりつつあります。ただ、それには少し早いということを私たちは理解していますわ。

「私たちで調整する分には問題ないネ」

「やはりそうですか」

津島はすでに限界を超えていて、領内にある各地の町に頭を下げている現状ですわ。とはいえ、あそこだけで今の尾張の物流を支えるのは困難です。

蟹江に港町を造る計画はこういう事態を想定して進めていましたが、世の流れは思った以上に早かったようです。

特に困るのが当家でしか扱っていない商品になります。どこでどれだけ売るのか、それは私たちで決められますが、言い換えれば皆を納得させないと不満が出ます。

「湊屋殿を呼んで一度しっかり話す必要がありますわね」

「そうネ。こちらでも準備をしておくよ」

この時代は商人も一筋縄ではいかない者たちばかりですわ。私たちも心してかかる必要がありますわね。

side：久遠一馬

砂浜には数百人の人がいる。ウチの家臣や忍び衆とその家族に、牧場村の領民と孤児院の子供たちもいるからね。これでも全員ではないんだけど。

この人たちの生活と未来がウチに懸かっていると思うと、もっと責任感を持たなきゃいけないって改めて思う。

「海に遊びに来るのですか……」

ああ、今日はゲストとして西堂丸君とお付きの皆さんもいる。

関東に行くと、帰ってくる頃には秋になっているからね。もう一度みんなで海に遊びに来たんだ。

西堂丸君たちは不思議そうにしている。この時代って海に遊びに来ないしね。それに家臣の家族はもちろんだけど、家臣の郎党や領民まで遊びに連れてくるなんて誰もしないからだろう。

「私たちの故郷の風習なんですよ」

ウチのみんなはさすがに慣れてきたからか、自由に遊んだり泳いだりしている。褌と髷がなんか違うけど、海で遊ぶ人たちは元の世界とあまり変わらない光景にも見える。

ただ女性陣には前回と同じワンピースタイプとビキニタイプの水着に、水着の上から着る浴衣のような着物をみんなに貸し与えた。

なんかみんな水着を南蛮の服だと誤解しているみたいだが、オレたちの故郷の服だってことにしている。そんなに身分の高い人はいないしね。みんなエルたちが着るならと着ているようだ。

強制はしていないんだけどね。慣れてきたのか、偉い人に合わせているのかは少し微妙だ。

「潮湯治のようですな」

「ウチの故郷でもかつてはそうだったようですけどね。いつの間にか余暇になったんですよ」

西堂丸君たちはどう受け止めるべきか迷うらしいが、それなりに自分たちの価値観で受け止めているみたい。

今日は信長さんもいないしね。西堂丸君の相手はオレがしないと駄目だ。


「久遠殿は何故織田家に仕官をされたのですか？」

「よく聞かれるんですけどね。家督を継いで世の中を見ようと尾張に来たら、若様に仕えろと言われましてね。それだけなんですよ」

西堂丸君は海で泳がないようなので、砂浜に日傘をさしてのんびりしていると根本的な質問をされた。

まるで珍獣でも見るような心境なんだろうか。織田家の人にも時々同じような質問をされる。まあこの時代の人から見ると変人なのは自覚しているが。

「それで織田家に……」

「私は武士らしく出来ないですから、一度はお断りしたんですけどね。若様がそれでもいいからとおっしゃいまして」

西堂丸君とお付きの皆さんは唖然としている。

信長さんは天下を自らまとめたいという夢のために、オレたちは自分たちの生存圏を確立するという目的があることは悪いけど今は言えない。

ただ、オレは本当に歴史の登場人物になる気はなかった。名も無き商人で良かったんだ。ほんの少し歴史を近くで見てみたかっただけ。

「世の中には私が南蛮の間者だなんて噂もありますけどね。私が守りたいのはここにいる皆と本領の者たち。あとは織田に従う者たちくらいです」

「久遠殿……」

でも。オレはもう後戻りは出来ない。

得体の知れない余所者を受け入れてくれた、織田家のみんなや尾張のみんなを見捨てるなんてしたくない。

「西堂丸殿。私などがお教え出来ることなど多くありません。海の向こうは……、日ノ本の外のほうが圧倒される程に広いということくらいですよ。日ノ本の外に行けば残念ながら北条家や将軍家どころか、朝廷ですら大差ない程度の扱いでしかありません。日ノ本など小さな島の中のことなのです」

時代が違えば西堂丸君とはいい友達になれただろう。だけど、もしかしたら敵として戦わなければならないかもしれない。

ただ……、願わくば新時代を築く一翼を担ってほしいと思う。北条家と西堂丸君にはその可能性は十分にある。

そうだ。北条家への贈り物に地球儀を入れておこう。西堂丸君が目先の利益と敵に惑わされないように。今日のことを忘れないでいてくれるように。

「ワン！」

「どうした？　ロボ。一緒に遊んでほしいのか？」

「ワン！　ワン！」

まるで別世界にいるかのように静まり返った西堂丸君たちは、オレの話になにを思うんだろうね。

一緒に遊ぼうと駆け寄ってきたロボに促されるように、オレは立ち上がるとブランカと遊ぶ子供たちの輪の中にロボと一緒に入っていく。

海でも見ながらゆっくり考えるといいよ。西堂丸君には今なら間違っても助けてくれる大人がいるんだから。

side：北条西堂丸

海の向こうにある国。正直なところ私は考えたこともなかった。

天竺や明や朝鮮があり南蛮があるとは教わった。日ノ本は古の頃から明やその前身の国などを手本にしてきたとは聞いたことがある。

されど、そこがいかなる国かなどとは考えたこともなかった。

「……明や南蛮はそれほど広いのでしょうか」

「ええ。広いと聞き及びます。ただし、南蛮とはひとつの国ではありません。本来は南から来る蛮族という意味なのはご存知だと思います。しかし、海の向こうには数多の国があります」

　南蛮人が鉄砲を日ノ本にもたらしたのは知っている。されど南蛮とはいかなる国なのかは知らなかった。大叔父上は知っているのであろうか。

　幼い子らと遊ぶ久遠殿を優しげな面持ちで見守っておるエル殿は、私たちに海の向こうの話をさらに教えてくれた。

「では天竺もそのひとつなのですね」

「はい。正しくは天竺という国は滅んで今はありませんが。日ノ本が天竺と呼ぶ場所には現在も彼の者らの子孫と言える者たちの住む国はあります。ただ今は仏教をほとんど信仰されていませんが」

「天竺がない⁉　しかもすでに仏の教えが途絶えておると⁉」

「かの国は複雑です。王の系譜が変わることも過去にはありました。あと仏の教えは場所を変えて残っていますよ。ただ仏や神は国や地域により様々でございます。他にも南蛮人の信じる神などは御仏とはまったく別の存在になりますね」

　まさか天竺がないとは。信心深い供の者などはその言葉に驚き、信じられぬと声を荒らげてしまっている。

「止めぬか。エル殿が仏の教えを途絶えさせたわけではないのだぞ」

「確かに。申し訳ありませぬ」

「いえ。お気になさらず」

　さすがに止めに入ると、声を荒らげた者も己の非に気付いたのか素直に謝罪した。さすがに大叔父上の家臣なだけはある。

「つまり海の向こうでも、戦もあれば滅ぶ者もおるということであろう？　そもそも仏と坊主を一緒にするのはいかがかと思うぞ」

「確かにそうですな」

そう。神や仏と神職や僧侶は別の存在だと大叔父上は言うておられる。坊主というだけで安易に信じるなとも言われた。

大叔父上は今も僧籍に身を置く者として思うところがあるのであろう。特に一向宗には是とせぬ立場だ。

「皆様も南蛮人という者たちにはお気を付けください。特に南蛮の神に仕えると称する者たちは彼の者らの神以外は神と認めません。無論、日ノ本の神や御仏も決して認めませんので」

「都では坊主どもが争い、問答で収まらずに戦をしたと聞く。南蛮の坊主とてそれと大差ないのであろう？」

「その認識で概ね間違っておりません」

「ふん。破戒僧はいずこにでもおるということか」

皆は自ずとエル殿の話に聞き入り、ことの意味を理解していた。しかし気付いていようか。エル殿がいかに聡明かを。

私たちに合わせて話しているエル殿の言葉にのまれていることを。

そういえば大叔父上も久遠殿の奥方らの聡明さに驚いていた。まるで真の学徳を積んだ聖か百戦錬磨の武将のようだともらしておられたな。

話の真偽は分からぬが、これほどの世情を何故私たちに教えたのだろうか。

「いずこも戦ばかりか。世も末だな」

供の者たちは日ノ本の中も外も変わらぬことにいかんとも言えぬ顔をするが、もしかするとエル殿は明や南蛮を安易に信じると危ういと教えたかったのだろうか。

平手五郎左衛門殿が教えてくれた。久遠家の南蛮人は南蛮から追われた者たちなのだと。彼の者らは久遠殿の本領が故郷であり他の南蛮人とは違うのだと教えてくれた。

南蛮に思うところがあるのであろうな。

side：船大工の善三

「幾度見てもこいつはすげえな」

知多半島の大野にいる佐治水軍の噂は大湊にも聞こえていた。なんでも南蛮船のように見たこともない帆を張った船を使うているとか。

船なんてのは船大工だけで造れるわけじゃねえ。木材の調達から始まり、造るまでが大変だ。てっとり早く造るには、先に造っているところに行くのが一番だ。まして造るのは南蛮ゆかりの船だからな。

「大湊の船大工でもそう思うのか」

「ああ。造れねえことはねえが、こんな船を造ろうという考えはなかった」
わしらは久遠様に頼んで、大野の佐治水軍のところで、船大工たちの仕事を学ばせてもらうことにした。

大野の船大工たちは気のいい奴らだった。噂の新造船について隠すことなく見せてくれたからな。確かに元は久遠様の図面らしいが、奴らには奴らの知恵と技があるっていうのによ。

「これなら沈む船は減るよな」
「そうだな。これを考えた奴はすげえ。南蛮だけじゃねえ。わしらが造る船のこともよく知っている奴だ」

新造船を造るのは相応に大変だったらしい。久遠様の図面は確かによく出来ているし、おおよそに理解は出来る。しかし、造ってみねえと分からねえところもある。

だが造ってみれば、この図面がいかに凄いか分かるというもの。船がなるべく沈まぬように考えられているし、戦船のように頑丈だ。

船大工にとって己の造った船が帰らぬことが一番辛いからな。帰りを待つ家族の姿を見るたびに無事に戻れと祈るのはわしらも同じだ。

「これを考えたのは久遠様の奥方様らしい」
「ほんとか?」
「ああ、うちの殿が話していた」

こんな船を考えた奴に是非会うてみたいと告げたら、思いもよらぬことを言われた。

久遠様の奥方様って言えばあの南蛮の？　エル様やジュリア様などにはお会いしたし、わしらも皆、ケティ様に診ていただいた。わしが大湊を出てくる頃には、織田様が神宮に行く際に身重の女を助けた話が噂になっていたからな。

織田様は穢れをものともせずに身重の女と赤子を助けるように命じたと言うし、久遠様の奥方様がたに至っては自ら赤子を取り上げてやったと大層な評判だ。

神宮でも珍しい供物の数々に大層喜んでいるという。今時は寺社も武家も平気で寺や町を焼く。それに比べて織田様は、身重の女を助けて神宮にも手厚く寄進して供物を納めたと評判だからな。

「こんな船を増やせればな……」

「このまま増やすそうだ。ただ、この船は扱い方が違うからな。他所だと軽々しく使えん。それに織田様に刃向かうようなところには間違ってもやれんからな」

船大工に敵も味方もないが、お武家様はそうもいかねえか。それにここじゃ言えねえが水軍の奴らも悪い。下っぱなんかは手癖が悪いと素知らぬ顔して荷を奪い船を沈めるからな。上は税を取るだけのつもりでも下が勝手に船を襲うのはよくあることだ。

船乗りを皆殺しにすれば死人に口なし。まあ佐治水軍ほどになるとそこまで悪い噂は聞かねえが。

「しかし善三殿、いいところのお抱えになったな」

「そうか？」

「久遠様はわしらの子や孫の代の暮らしも案じてくださる。山に木がないと子や孫が困るだろうと若木をわざわざ持ってきてくれるんだ。ここじゃ久遠様の悪口は聞いたことねえよ」

わしは慶次郎様に助けられた縁で召し抱えられただけなんだがな。久遠様というお方は大層な評判だ。千貫の禄と教えたら他の船大工からも羨ましがられたほどだ。

一から船を造るには相応に銭がかかる。とはいえ千貫は多いからな。

「新造船の完成祝いに一杯やるか？」

「そりゃいい。金色酒を出すぞ」

「まことか⁉」

「ああ、皆で飲めと久遠様が……もう殿になるのか。殿が送ってくれたんだ」

いけねえな。もう仕えた以上は殿と呼ばなきゃならねえんだな。

暮らしには困ってねえ。殿は酒や食べ物をわざわざ送ってくださるしな。大湊でも巷にはなかなか出回らねえ金色酒を大量に送ってくださった時には驚いたほどだ。

佐治様もわしらには気を使うてくれて、わざわざ武家の屋敷を貸してくださった。

さすがに遠慮したんだがな。殿に頼まれているからと言われては断り切れなんだ。

新造船も無事に出来上がった。今宵は皆で思う存分飲むか。

side：久遠一馬

「凄まじいのう」

「日々の鍛練は必要ですからね」

この日は幻庵さんと西堂丸君と一緒に警備兵の訓練の視察だ。これには幻庵さんも見せると言うと驚いていた。性質上軍事訓練のようなものだ。間違っても他国の人に見せるものじゃない。

武芸でさえ軽々しく他者に見せることのない時代だからね。

もっとも、少し視察しただけで知られる情報は限られている。こちらは構わない。

警備兵に関しては、最近になって津島と熱田からも警備兵を置きたいと頼まれたので、津島や熱田の若者や流民から選んだメンバーを訓練しているんだよね。

今までも別に無策ではなく津島や熱田なんかは私兵で警備をしていたが、警備兵は根本的に違うからね。

指揮命令権は曖昧だ。信秀さんからはウチで管理しろと言われたけど、津島とか熱田での直接の命令権は彼らにあるだろう。

ただ津島と熱田からは、警備兵のことは任せるとも言われている。最近は特に余所者が増えたし、やって来る商人や旅人が増えた。

津島と熱田もその対応に頭を悩ませていたのは確かだろうね。

「鉄砲を鍛練で撃つとは……」

「鉄砲は弓と同じで、撃たせないと上達しませんので」

訓練方法もこの時代と違う部分があり、幻庵さんはあれこれと驚いているが、特に警備兵に鉄砲の訓練で実際に撃たせているところには反応が大きい。玉も火薬も高いからね。

この訓練は一種の抑止力も狙っている。織田は訓練にも潤沢に火薬を使えると、尾張の内外に見せつけている意味もある。

領外は知らないけど領内の国人衆や土豪の中には、実際にこれで大人しい面もあるとエルが語っていたほどだ。

史実の織田信長もそうだけど、織田家って家臣や領内の統治は正直そんなに上手くないんだよね。経済優先の戦略はあっても統治に関しては北条家のほうが上だろう。

この世界ではそこに手を付けているから大変だとも言えるんだけど。

「そこ！　遅い！　それにもっと隠れてやりな！」

ああ、この日はジュリアが指導しているから余計に珍しいのかも。

訓練は火縄銃を撃たせる訓練だけど、ただ的に向かって撃つだけじゃない。町中での戦闘を想定して、遮蔽物の確保・装填・発砲・装銃移動・射線確保・誤射回避など、建物を利用した銃撃戦の訓練をしている。まるで特殊部隊の基礎訓練みたいだね。

正直なところ歴史に残るような戦は、そんなにないんだよね。戦好きな武将とか天下取りを目指した織田信長とかはそれなりに戦をしたけど。

有名な戦は数年に一度とかで、戦らしい戦をしていない大名も意外にいる。ただここで問題なのは、三河でも頻発したような小競り合いや、村と村の争いによる戦いはよくあることか。

あとは野盗とか普通にゴロゴロいるし、下手すれば織田家中の国人衆や土豪の下っぱなんかが盗みやらなにやらしているときもある。

とにかく家中の統制すらまだ完全には取れていない。この時代だと当たり前のことらしいけど。

警備兵にしても、元の世界と比べたらまだまだ問題が山積みだ、それでもこの時代の人からすると、普通に治安維持してくれるだけでも凄いことになっちゃう。

ちなみに武力制圧や討伐の訓練を中心にしているが、実際には喧嘩やいさかいの仲裁もよくあるようで苦労しているみたい。

オレは誰々の家臣だぞとか、オレは織田一族の誰々の郎党だぞとか、そんな織田家中の末端がつまらない理由で争う場合も少なくないとか。

某傾奇者の漫画で見たような下らない理由の争いがよくあるらしい。血の気が多いんだよね。みんな。

幸いにもオレはそんな場面に出くわしたことはない。外に飲みに行かないし、信長さんの前でそんな争いをする人はさすがにいないからね。

信秀さんからは警備兵を配備して、管轄下とした地域で暴れたら、誰であれ捕らえても討ち取ってもいいと言われているが、実際にはそうもいかないしね。

なるべくは仲裁して駄目なら捕らえるように指示している。もちろん『警備兵と民衆に被害や犠牲を出さない』が大前提で『討ち取る』を禁じたわけじゃない。

「随分と実に則した鍛練をしておりますね」

「彼らの役目は町を守ることです。なるべく町に被害が出ぬように狼藉者や盗人は捕らえないといけませんから」

町中で火縄銃なんか滅多に使わないけどね。あれを持っているだけで抑止力にもなる。

オレと信長さんがバンバン撃たせて訓練させているのは、尾張では有名だしね。

法治による治安維持にしたいけど。当分は無理だろう。まずは、モラルの向上が先だ。物事は武力で解決するのが当たり前って価値観もどうにかしないと……。

日本で近代的な測量を最初に始めたのは久遠家である。

海図に関しても久遠家が持ち込んだのが初めてと思われ、明確な証拠があるのは久遠家と佐治家に伝わる海図になる。

佐治家では海図こそ家宝だと語ったとされる佐治為景以降、災害や火事などが起きた際には真っ先に海図を持ち出していたのは有名な話である。

余談ではあるが、佐治家に伝わる海図は日本西洋絵画の祖と言われる絵師の方こと久遠メルティが描いた海図であることもあり、現代では歴史的にも美術史的にも貴重な品となっている。

現在、海図の管理は久遠メルティ記念美術館が委託されていて定期的に展示もしている。

皇歴二七〇〇年・新説大日本史

第二章　久遠船団

side：久遠一馬

幻庵さんたちが尾張に来て、そろそろ半月になるだろうか。幻庵さんのおかげで学校は賑わっている。

当初は、中堅から下級武士や豪農に商人の子弟が学校の主な生徒だったが、幻庵さんが関東に戻るまで何度か講義をしてくれたおかげで大人も来るようになった。

特に武闘派のような、学問よりは武芸を磨けというような武士も、河越城の戦いで勝った北条家の幻庵さんに学べるならばと来る人が増えたのは本当に良かった。

オレも時間がある時は幻庵さんの講義を聴いたし、ウチの家臣には初回以降も講義内容を記録させて形に残している。太田さんには、それを学校で使う教本のひとつにまとめるのを頼んだ。

内容は多岐に亘る。武士としての心構えや戦の話に、領民を大切にすることなどバランスよく話してくれたみたい。

西堂丸君のほうはオレや信長さんと鷹狩りに行ったり、一緒に領内を回ったりしているね。

佐治水軍とウチの訓練は順調だ。手筒式信号弾を佐治水軍に配備することにして、史実の国際信号旗に倣い簡易な信号旗も決めた。

ないとは思うけど海戦も想定しなきゃならないし、信号旗により簡単な意思疎通が出来れば船団の航行・運用がより安全なものになるだろう。

「さすがは大湊の会合衆をしていただけのことはあるね」

「まだまだこれからにございます。此度は様子を確かめてきただけでございますので」

この短期間で早くも手柄を立てたのは湊屋さんだ。自ら桑名に足を運び複数の商人に尾張移住の話をつけてきたんだから驚きだ。

「桑名はどう？　オレも先日ちょっと行ったけど、あんまり状況が良くないみたいだったんだよね」

「確かに良うありませんな。奴らはいつまでも荷留を解かぬ織田家に苛立っております」

もちろん湊屋さんには家臣と忍び衆の護衛を付けた。桑名は敵地に近いしね。忍び衆からの事前報告でもあまり良くなかったから。

湊屋さんも桑名の状況が良くないことを感じたんだろう。かなり渋い表情をしている。

「桑名に関しましては、願証寺と桑名の関わりが悪化しておりまする」

同行した忍び衆の報告をしてくれる望月さんから最新の情報がもたらされるが、桑名と願証寺の関係が悪化するとは。少し予想外だ。

「そこは分かりやすい話でございますな。願証寺は単独で織田家と和睦して商いも優遇され人足を派遣することで利も得ている。元はといえば服部友貞は一向宗の坊主であったにもかかわらず。それと比べて商いをしただけの己らが苦労をしていることに、商人たちは不満なのでございます」

　桑名は北伊勢の国人衆とも関係が悪化していて、さらに願証寺とも関係が悪化とは。理由を考えていると湊屋さんがオレの顔色を見てすぐに説明を始めた。

　さすがに一流の商人。顔色を見るのが得意なんだね。湊屋さん。

「不満って……」

「中には熱心な信徒もおりまするが、多くの商人が願証寺と通じておるのは利になるからでございます。当然ながら利にならなければ不満が出まする」

「いや、敵を増やしてどうするんだろ」

「すでに桑名から逃げ出した商人もおります。某も大湊・宇治・山田などに移った商人を知っておりますので。されど上の者ともなれば逃げるに逃げられませぬ」

　商人って、もう少し賢いと思ったんだけど。

「引くに引けなくなっていると？」

「恐らくは。すでに織田家との仲介をせねば願証寺との誼を見直すべしと口にする者までおるとか」

　桑名にとって願証寺は事実上の後ろ盾のはず。そこを相手に騒ぐとは、さすがに戦国時代だね。商人もえげつないわ。

　あの場所で願証寺に見捨てられたら、桑名なんか近隣に攻められて終わりじゃないのか？

　自分たちの既得権を認めるなら、後ろ盾は誰でもいいってことか？

「願証寺は？」

「織田家はもとより六角家も北畠家も動かぬことで、騒いでもなにも出来ぬと捨て置いておるようでございますな」

　願証寺の動きを報告してくれたのは資清さんだ。桑名は周りのみんなに放置され始めたのか？願証寺も微妙な立場と領地だからね。織田と北伊勢に影響のある六角に挟まれているから。

　史実を知っているオレではどうしても一向一揆のイメージが強くなるが、現状では争いを避けつつ上手く自分たちの領地を守ろうとしているだけのようだ。

「なら、このまま商人の引き抜きをしていこうか。ただし、桑名に行くときは気を付けて。まあウチの家臣に危害は加えないと思うけど。忍び衆も危ういと感じたら退くように」

　桑名がいかに騒ごうとも現状だと出来ることは多くない。願証寺と伊勢の水軍は懐柔しているし。

　ウチの家臣に手を出せば、織田に桑名攻めの口実を与えることになると分かっているだろう。危ないのは忍び衆かな。身分を明かせない、明かさないことがある。そこは気を付けてもらわないとな。

「アタシにも一本ちょうだい」

　今夜の夕食はバーベキューだ。エルたちとちょうど屋敷にいた家臣のみんなや、孤児院の子供たちとか誘って庭と縁側でお酒を飲みながら。

　無論、子供たちはアルコールではなく麦茶とかだけど。

　幻庵さんたちには清洲城の料理人が食事を作ることも最近は増えている。彼らの腕前もなかなかなんだよ。さすがにエルたちには負けるけどね。

勉強熱心だからよくウチに来ては料理を教わっている。料理と言えば幻庵さん自身とお供の料理人にも基礎を少し教えている。

出汁を取ることや灰汁や臭みを取ることなどを教えたら喜んでいたみたい。

「このたれが美味しゅうございますな！」

この日のバーベキューに一番喜んでいるのは湊屋さんだ。実はこの前、酔っ払った時に話していたんだ。美味しいものが食べたくて尾張に来たって。

人のことをどうこう言える立場じゃないけど、湊屋さんも相当な変人だろう。美味しいものが食べたいからって、隠居したうえに会合衆の立場を捨ててまで尾張に来るってさ。

「オレは塩も好きだけどなぁ」

具材は猪肉と鶏肉に魚と野菜だ。鉄の串も工業村で作ってもらった。

焼いているのは、主にオレとエルとリリーとパメラだ。食事の時は身分とか臣下とか関係なく楽しく食べるのが、いつの間にかウチのルールになっている。

元の世界のイメージでは、バーベキューとかは男の出番ってイメージがあるんだ。それに、ウチでは料理はエルたちが先頭に立って作り、差配するから、みんな慣れているみたい。実際、一番料理が上手なのはエルたちだからね。

鶏肉なんかは竹串に刺して焼き鳥にもしている。ウチで作っているエールに焼き鳥がまたよく合うんだ。

タレは幾つか用意した。自家製の焼き肉のタレに照り焼きのタレとかピリ辛なタレもある。

みんなは最近まで塩味くらいしか知らなかったからか、タレが珍しいらしく好評だ。

炭火で程よく脂が落ちて香ばしい肉や魚に、少し焦げたタレが絡むとまた美味い。

ああ、せっかくだからご飯で焼おにぎりも作ろうか。

おにぎりはそのままでも食べられるからね。醤油を塗って表面を焼けば十分だ。

「……食べたいのか？」

「うん」

さあ、食べよう。としたらケティがじっと焼おにぎりを見つめていた。熱い視線で焼き上がるのを待っている。

はいはい。そんなに見なくてもあげるから。

というか。みんなこっちを見ている。みんなも食べたいのか？

仕方ないな。みんなの分も作るか。

「星が綺麗」

「そうだな」

見上げると満天の星が見える。

ここには星の光を霞ませるような文明の光は存在しない。

炭火の赤々とした光でさえ明るく見えるほどだ。月と星の明かりだけで照明なんてなくても、意外に不自由しないな。

でも、ケティさんや。口いっぱいに食べ物を詰めてしゃべるのは止めなさい。子供たちが真似をするから。

星空を見たいのかバーベキューを食べたいのか。花よりだんごよりさらに上をいく『花もだんごも欲しい』といった感じか。

「ほう……」

「これはまた……」

気が付くと静かな世界に少し懐かしい音が響いていた。

どうやら少し酔って気分が良くなったジュリアがリュートを弾き始めたみたい。

意外にと言っては失礼だが、楽器を奏することが趣味になる。仮想空間ではギターやピアノにフルートとか、いろいろやっていたんだ。

エルたちも楽器を奏することがあって、ギャラクシー・オブ・プラネット時代はみんなで演奏して楽しんだりもしたんだ。

どうやら前回の船でリュートを取り寄せたらしい。

弾いているのは元の世界の曲だね。どうせなんの曲かはこの時代の人には分からないし構わないだろう。

資清さんや家臣のみんなはジュリアの意外な趣味に驚き聴き入っている。

気が乗った時にしかやらないからね。

たまにはこんな夜も悪くない。

side：シグルドリーヴァ（リーファ）

水平線を見ていると、星の海を航海していた頃を思い出すね。まさかリアル世界に来て、大航海時代の海をガレオン型の船で走ることになるとは思わなかったけど。

「リーファ、尾張到着は予定通りよ」

船室に雪乃が入って来た。歳は設定では十五歳。こちらに来て歳を重ねて十六歳か。万能型のアンドロイドで、髪は雪のように真っ白で肌は白人よりも白い。瞳は深い紺色。瞼が一重で顔立ちだけなら日本人に見えなくもない。背丈は百六十センチだから元の世界の日本人女性の平均とほぼ同じだが、この時代の日本人に比べれば高いくらいだ。

このガレオン型の船の副船長をしている。

「了解した。しかし楽しみだな。この船で関東に行くとは」

リーファとは自分のことだ。この船の船長で戦闘型アンドロイドになる。本名が少し長いのでその名で呼ばれることが多い。歳は今年で十八歳。髪はブロンドではない金色を三つ編みにして後ろに下ろしている。瞳は深い緑色で、顔立ちは年齢相応くらいだろう。背丈は百九十センチで、数多くいる仲間たちの中でも背は高いのですぐ目立つ。体躯は背丈のわりには細いと言えるだろうな。

「ふふふ、確かに楽しみね。私は北条幻庵殿に会ってみたかったわ」

自分たちは司令に呼ばれて尾張を目指している。すでに本土が近いので着水して帆走中だ。

目的は織田家による関東訪問のためにガレオン船が必要になったらしい。

この時代の人を乗せる以上、オーバーテクノロジーは可能な限り使えない。アンドロイドで一番この時代の船に慣れて経験を積んだ自分と雪乃が向かうことにした。

「史実からの乖離のスピードがいささか早いね。仕方ないことだけど。エルの報告では適応力がこの時代の人間も高いとある。足を掬われないようにしないと駄目だね」

「それはそうよ。生と死が司令の元の世界より身近ですもの。八郎殿などいい例だと思うわ」

水平線に見えてきた尾張の地を前に気を引き締める。雪乃が言うように、この時代は生と死が近い。滝川資清。八郎という通称で呼ばれているが、自分たちも驚くほど有能な男だ。

熱心に私たちの価値観や知識を学び、この時代の家臣や織田家と橋渡ししてくれている。『余人をもって代えがたい』とまでエルに言わせる人だからね。

歴史の偉人だけじゃない。ひとりひとりの生きとし生ける者も可能性がある。

自分たちはこの世界で生きていかなくてはならない。負けていられないね。

side：久遠一馬

「お疲れさま、リーファ、雪乃」

予定より三日ほど早く船が到着した。ガレオン船一隻にキャラベル船が三隻になる。表向き伝令船として出していた津島配備のキャラベル船を随伴して。

本来のキャラベル船は非武装だけど、今回のキャラベル船にはファルコネット砲とバリスタを少数ながら装備したようだ。ガレオン船のカルバリン砲ほどではないが、大砲のない日ノ本の水軍相手なら十分だろう。ギャラクシー・オブ・プラネットの技術で緊急時やサポート用の秘匿装備や兵装は付いているけど。

今川は動かないかもしれないが、北条は関東に敵も多いからね。房総の里見とか。それに海でも賊なんていくらでもいる。

津島配備船に加えて、さらなる四隻の南蛮船が一緒にやって来たことで、津島ではちょっとした騒ぎになっている。無論のこと黒い南蛮船はウチの船とみんな知っているから敵とは誰も考えていないけど。

関東行きはそれなりに知られているが、下級武士や庶民にまで告知したわけではないからね。知らなかった人もそれなりにいる。

また戦かと、騒いでいる人もいれば、早くも見物に来た人を目当てにした物売りまで出ているよ。

「久しいな。年始以来か」

「ご尊顔を拝し恐悦至極に存じます」

「そう畏まらずともよい。長旅ご苦労であったな」

船から上陸したリーファと雪乃が信秀さんに挨拶をしたが、あまりに畏まった挨拶に少し驚かれちゃったようだ。

津島配備船を合わせて五隻の南蛮船が到着したと聞き、信秀さん自ら幻庵さんや西堂丸君たちを連れて津島まで足を運び見に来たんだ。

信秀さんは五隻の黒い南蛮船に満足そうに笑みを浮かべていて、西堂丸君なんかは少し瞳を輝かせているようにも見える。

キャラベル船でさえ関船より大きいからなぁ。それに腐蝕防止のために塗ってあるコールタールの黒い色の評判がいい。まるで史実の幕末に来た黒船みたいだからな。

他の人も驚きの表情を浮かべている人が多いかな。

「ウチの本領から船を呼びました。あれは戦船でもあります。南蛮の国にある本物の戦船よりは武装は控えめですが」

「南蛮の戦船はそれほど凄いので？」

「大砲の数が違うと聞き及んでいます」

信秀さんの近習や幻庵さんたちが南蛮の戦船に興味を示したので軽く説明をするが、大砲の数の違いを説明すると唖然としている。

火縄銃ですら高価で並の国人衆では買えないのに、さらに高価な大砲を大量に積むなど想像すら出来ないのだろう。

「関東に行く程度でそれほどの大砲は必要なかろう。南蛮は敵も大砲があるのであろうが、日ノ本で大砲を持つ水軍は他にはおるまい」

「おっしゃる通りですね」

ただ、信秀さんは即座に客観的な視点から敵の違いを指摘して、周りから尊敬の眼差しを集めている。やはり戦に関する見識は凄いね。

「出立はいつ頃になるのだ？」

「積み荷の積み替えに三日ほど頂きたいと思いますが、あとは天候次第となります」

あとは出発するだけだ。信秀さんにこちらの都合を問われると、ガレオン船の副官である雪乃が答えた。

贈答品などは大半を島から積んできたし、道中の食料もほとんど積んできている。ただし、余剰スペースには積載量の分だけ交易品や蜂蜜などを積んできたから、荷物の積み替えに少し時間がかかる。大体、津島・熱田の入港頻度は積み降ろしにかかる日数で決まっているからね。早く直接接岸出来る港が欲しい。

そもそも船旅は近代に入るまでは、元の世界でも信じられないほど劣悪な環境で危険なものだった。特に大航海時代は最悪と言えるほど。オレもあまり知らなくてエルに説明されて気持ち悪くなったくらいだ。

ただ、ウチの船は見た目だけは時代相応だけど、技術は次元が違うから。水漏れの心配はまずないし衛生管理もまったく違う。この時代の南蛮の船みたいにネズミが棲み着いたり、食べ物にウジが湧くことはない。

エルたちは仮想世界のアンドロイドだから綺麗好きだし、不潔なのは嫌がるんだよね。

「これは思うておった以上に壮観ですな。小田原の殿や関東諸将も驚くでしょう。まことに楽しみでございますな」

「驚くだけで済むのは左京大夫殿だけであろう。かような船が大挙して押し寄せてきたら震え上がるわ」

幻庵さんはご機嫌だ。殿様とはいうけど甥だからね。ちょっと驚かせたいみたい。それ以上に関東諸将を驚かせたいらしいけど。

信秀さんと談笑出来るのは余裕の表れかな？

side：北条氏康

「殿。いかがなされました。駿河守様に何事かあったのでございましょうか？」

「尾張で歓迎されておるらしい。西堂丸も素性を明かして誼を結んでおるとのこと。しかも帰りは、織田の南蛮船で送ってくれるそうだ」

「なんと!?」

尾張に行った叔父上から書状が届いたので何事かと思えば……。叔父上に任せておけば悪いようにはならぬと送り出したが、さすがに驚くわ。

ただ、気になることも幾つかある。叔父上は織田の力は本物だと見ておるのだろう。わしも甘く見るつもりはない。されど今の勢いが続くかは懐疑が先立つところであったが。

「まさか噂の南蛮船でこちらまで送るとは……」

「船は十隻ほどになるらしい。半数は佐治水軍の船のようだが南蛮船も四隻は来るようだ」

「なっ……!?」

「出迎えの支度を致せ。それと伊豆の水軍にも知らせよ」

「はっ!!」

周りの者も言葉を失ったか。伊勢の水軍では歯が立たなかった南蛮船が四隻も来るとは思いもしなかったわ。

関東にも織田の南蛮船の噂は伝わっておる。黒く見たこともないほど複雑な造りの船は日ノ本の水軍など軽く蹴散らすと大層評判だ。

今までは一隻か二隻しか目にする知らせがなかったものを僅かな間で数を集めるとは……。先の戦でも使うたと聞くが、まだまだ余力を残しておったか。

「殿。南蛮船の噂を関東に広めては？　北条は孤立しておらぬと関東諸将や国人衆に知らしめることが出来ましょう」

「うむ。それもいいかもしれぬ。叔父上の書状には織田からも嫡男を含む使者が百人ほど来るとのこと。盛大に歓迎してやるか」

同盟してもおらぬ他家に嫡男を送るなど織田もやりおるわ。西堂丸が尾張に行った返礼であろうが、今の世でなかなか出来ることではない。毒殺や暗殺を恐れるからな。

狙いは今川の牽制と商いの拡大であろう。北条とすれば信じられる相手が欲しい。少なくとも関東の者どもに北条は孤立しておらぬと見せつけられれば悪うないな。

懸念は今川か。こちらから進んで敵対する気はないが、先の河越城の戦のやり方は気に入らぬ。

無論せっかく結んだ和睦を潰す気はないが、それ以上に配慮してやる気もない。それに織田に敵わぬからと、今川がまた関東諸将をたぶらかしてこちらに攻めてこぬとも限らぬからな。

叔父上が御膳立てしてくれた織田との誼は深めねばならぬ。

「しかし噂が広がれば、里見が水軍を動かすのでは？」

「それならそれで構わぬ。出てきたら叩いてくれるわ」

いっそ里見を上手く引きずり出してみるか？　いや、こちらから余計な策は不要か。里見の相手をしておる暇などないわ。

関東管領と古河公方が先だ。

それより噂に聞く南蛮船の久遠も来るのだ。まことに楽しみだ。

風魔によれば民とも気さくに接して、家臣にも慕われておると聞く。特に素破の忠義は恐ろしいほどあるとか。

叔父上と気が合うのやもしれぬな。

side：桑名の商人

織田め。とうとう本性を現したか。たかが守護代の家臣風情がいい気になりおって！

「人を集めるか。願証寺と北畠と六角、北伊勢の国人衆にも援軍を頼まねば。織田の狙いは伊勢であるぞ！」

「まて。まことに織田は攻めてくるのか？」

「三河や美濃を攻めるのに南蛮船は不要であろう」

そもそも織田が美濃と和睦の交渉をしておるのは周知の事実。今川とも商いをして戦を避けておるのだ。奴らの狙いはここ桑名と北伊勢に決まっておる！

「確かに。大湊の会合衆であった湊屋が旧知の商人を引き抜いておったからな。織田の桑名攻めから旧知の商人を助けたと、考えることも出来るか」

「……願証寺はいずれの味方なのだ？　願証寺が織田に付くか日和見をすれば勝ち目はないぞ」

桑名を織田に取られることは願証寺も北畠も六角も望むまい。北畠は兵を出せぬかもしれぬが、兵糧を集めて六角の援軍が来るまで町を守らねばならぬ。

奴らは商いを我が物としたいのだ。必ず攻めてくる。

「戦で織田に勝てるか？　銭を納めて引いてもらうしかあるまい」

「織田は我らの謝罪も矢銭も拒絶したのだ。今更それが通じるか！」

「生意気にも荷留などしおって。おかげで美濃と尾張から商人が来なくなったではないか！」

そうだ。成り上がり者が我らの領分を侵したばかりか荷留などしおって。我らを敵として見ておることは明白だ。

「わしは降りるぞ。やるなら己らだけでやれ。そもそも己らの甘い見込みで、服部なんぞに肩入れするから怒らせたのだ。わしは大湊に移る。もう付き合っておれぬわ」

「なんだと⁉　裏切る気か‼」

「いつからわしは己らの配下になったのだ？　公界である桑名は誰にも従わぬ町だ。わしがいかがしようが己らに関わりはあるまい？」

臆病風に吹かれたうつけが！　己など要らん。この世を動かすのは銭だ。そして銭を持つ我らなのだ。

side：願証寺の僧

桑名の商人どもは揃いも揃ってうつけばかりなのか？　織田が桑名を攻めるなどと妄言を。

「桑名は知らぬようですな。織田の関東行きを」

「北条長綱の噂は我らでも知っておるのだぞ？」

「織田領の商人は桑名には寄り付かなくなりましたので」

「関東に行くために久遠が船を集めたと、尾張では見物人まで出ておるというのに……」

まことに呆れてなにも言えなかったのは初めてかもしれぬ。

織田は桑名を欲してはいまい。見捨てたのだ。蟹江の新しい湊の邪魔になるのでな。それが分からぬとは……。

己らを皆が認めて、欲しておると勘違いするとは、欲深き者は救えぬな。

「いかがする？」

「上人も呆れておられたが、織田に使者は出した。桑名が騒いでおるが我らに関わりはないとな。あとはいかようにもする必要などあるまい」

織田が北伊勢に野心がないとは言わぬ。されど北伊勢は六角に通じる梅戸もおれば国人衆も多い。迂闊なことはするまい。

それに我らがあの欲深きうつけどもと、同じだと思われては困る。織田とは上手くやっておるのだ。

己の愚かさを諸国に晒すのは奴らだけでやればいい。

side：久遠一馬

「なにを考えているんだろうね」

「いかにも勘違いをしたようでして。当家の船を見て桑名攻めだと」

いよいよ関東行きを明日にして、幻庵さんたちとの最後の宴の準備をしていると、桑名が密かに牢人を集め始めていて、願証寺や六角家や北伊勢の国人衆などに援軍を要請したとの知らせが急遽入った。

報告に来てくれた望月さんも戸惑っている。まさか津島に呼んだ関東行きの船で勘違いするとは思わなかったようだ。

「領境には警戒を怠るなと書状を送る。あとは捨て置け」

台所から急いで信秀さんに報告したが、さすがの信秀さんも呆れてものが言えない様子だ。偶然同席していた幻庵さんや重臣の皆さんも同じような表情だね。

「出発を先延ばしに致しますか？」

「構わん。桑名など要らぬ。そなたたちは出立するがいい」

ほんと、全盛期の六角と公家でもある北畠と、一向宗の願証寺を敵に回すなんてしないから。桑名の連中はそれも分からないのか？　それともなんかの謀略か？

信秀さんは相手にしないことにしたらしい。願証寺は友好関係にあるから状況確認の使者くらいは寄越すだろうし、六角も北畠も憶測だけでは動かないだろう。

もしかして、ウチの引き抜きも勘違いの原因か？

まあ、いい。あれは信秀さんの許可を得てやったことだ。オレは料理の支度をしよう。

今日の宴は参加者が多い。信秀さんが家中の武士に身分を問わず、幻庵さんたちとの別れを惜しむ者の参加を許可したためだ。学校でも何度も講義をしてくれたので、幻庵さんは多くの武士に慕われている。

外交の使者としては満点の結果だろう。


「では、お願いしますね」

台所ではエルが清洲城の料理人の皆さんと楽しそうに料理をしている。エルも別に戦争とか戦略・謀略とかが好きなわけではないからね。

実は料理とか編み物とかが趣味だ。

「桑名はどうなると思う？」

「どうにもなりませんよ。向こうから攻めて来ることはありませんので」

オレも料理を手伝いながら少し気になるので桑名のことを聞いてみるが、エルはあまり気にならないらしい。

桑名は場所がいいんだよね。伊勢でありながら尾張・美濃にも近い。いわゆる自治都市だから武家に配慮しなくても取り引きが出来る町になる。

それが今では尾張ばかりか、美濃からの商人ですらほとんど集まらなくなった。信秀さんの命令でウチが桑名の商人に品物を売ることを止めたし、尾張の商人にも桑名での取り引きを止めてもらったからね。

桑名の扱う品物は他でも買えるが、ウチの商品は他では買えないか、買えても値段や質がまったく違う。

織田領では今川の商人ですら、商いとして来るならば硝石など一部の戦略物資に制限をかける以外は問題視していない。税はしっかり取るけどね。

楽市楽座とかやらなくても商人は集まってくるんだ。現状の尾張には。


天文十七年晩夏。太田牛一の私的な日記に、とある日の夜のことが記されている。

それは久遠家での夕食時のこと、突然、南蛮琵琶を弾き始めた今巴の方こと久遠ジュリアに家臣一同が驚いた様子が克明に書かれている。

女ながらに久遠家最強とも言われ武芸の腕前は当時から評判であった久遠ジュリアが、文化人の側面もあったことに大層驚いたとされる。

現代に伝わる南蛮琵琶を日本に広めたのは彼女だとも言われている。

同じ頃、久遠家の南蛮船が四隻。津島に現れたことが幾つかの資料に残っている。

関東訪問の使節団のために久遠家が本領より呼んだ船であり、少なくとも即時に動かせる船がそれだけあったと推測出来る。

この船団には相応に武装がされていたようで、当時の伊勢湾沿岸では久遠家の力を改めて見せつけられて少なからず影響があったようだ。

尾張では久遠家の船を見ようと見物人が津島に集まったとの記録もあり、当時の尾張にて久遠家がすでに領民に広く受け入れられていたことを示唆する記録にもなっている。

なお、この船団は黒く塗られた船体と、この後の関東への使節団派遣を含めて、現代では黒船船団と呼ばれている。

桑名の一人相撲

久遠家の黒船船団の影響を一番に受けたのは桑名だと言われている。

黒船船団の津島来航に、織田が攻めてくると勘違いして騒いでしまい、実際には関東への使節団派遣だったことから大恥を晒した一件になる。

この一件には織田家のみならず願証寺や六角家も呆れていたとの記録が残っており、この当時そこかしこにあった自治都市の問題点を露見させた出来事だとも言われている。

一説にはこれが織田信秀か大智の方こと久遠エルの策略だとも伝わるが、確かな証拠はない。

ただ、織田家は蟹江に新設の国際貿易港を造っており、近隣の桑名が邪魔だったのではと見られている。

なお、この頃の桑名の様子から、次のような洒落がいつからか尾張で流行し、根付いていったと言われる。


『その手は桑名の供御人』

【読み】そのてはくわなのくごにん。

【意味】その手は桑名の供御人とは、うまいことを言ってもだまされない。その手は食わないというしゃれ。戦国時代、織田家に見捨てられた桑名の供御人があの手この手で織田家や久遠家にすり寄って大恥を晒した故事から。

皇歴二七〇〇年・新説大日本史

第三章　関東へ行こう

side：久遠一馬

今朝は雲一つない快晴だ。

今回関東に行くのは、信長さん・信光さん・信安さん・政秀さんを筆頭に、初対面の林通政さんなんかもいる。この人は林兄弟の一族で、昨年の一件で不遇な立場になっていたけど、信秀さんがメンバーに入れた人になる。

槍が得意らしく、史実だと槍林という異名があったとか。一族の汚名を返上したいとやる気の人だ。

あとは、信長さんが選んだ森可成さんや松平竹千代君もいるね。護衛という名目だけど若い武士が結構いる。将来のために他国を見せたいんだろう。

ウチからはオレとエル・ジュリア・ケティ・メルティ・リーファ・雪乃に加えて、太田さん・一益さん・慶次・望月太郎佐衛門さんに、お清ちゃんと千代女さんたち侍女も来ていて、当然、忍び衆からも選りすぐりのメンバーが同行している。

「かず。出立だ！」

幻庵さんたちやオレたちの見送りに集まった人たちに見送られ、船団は出発する。

河口から伊勢湾に出る時に桑名が見えた。向こうは攻めてくると思っているんだ。あんまり近寄るとなにをしてくるか分からない。慎重に警戒しながら進む。

「そういえば願証寺の僧が来ていましたね」

「ああ、桑名の件は己らとは関わりのないこととの弁明と旅の無事を祈るそうだ」

出発直前に津島で、願証寺の僧が信長さんに急遽面会を求めて来たって聞いたけど。出発前に弁明をしに来たのか。

一向衆はただでさえ北条に嫌われているからね。関東で誤解を広められたくはないのだろう。

「相も変わらず速い！」

「まことに」

この日の目的地は大湊だ。大湊で一泊して、明日はいよいよ沖乗りで東に行く。

ただ、伊勢湾内はそこまで波も荒くないので、信光さんと信安さんなんかは木製のリールで釣りをしている。

基本的にお客様の皆さんは操船も出来ないし、やることは特にないからね。

みんな船旅を楽しみにしていたみたい。船旅は危険だって教えたし、事前に乗せているんだけどね。ウチで使っているんだし、エルたちみたいな女性も乗るんだから大丈夫だろうって考えているようだ。

「この船の船内は凄いですね。厠や台所まであるとは……」

「本物の南蛮船にも負けませんよ」

西堂丸君は歳が近い竹千代君と、何故か一緒に船内の探検をしていた。

言えないことだが、この船はオーバーテクノロジーで造られている。本物の南蛮船より清潔で快適に造ってあるんだ。硝子は嵌めていないけど明かりとりの窓もあるし、空気の入れ換えとかも考えられている船になる。

見た目はほぼ南蛮船だけど、同時代の南蛮船と比べると一回り大きく、ギャラクシー・オブ・プラネットの技術で造ってあるから木製でも細かいところまで周到に出来ている。安全性や快適性は別物だろう。

さすがに動力は今回の航海中は封印して使っていないけど、それでも絶対に沈まないから安心してほしい。

「……これはまた華やかな飯ですな」

「ちらし寿司です。酢飯ですので、この時期でも傷みません」

お昼はちらし寿司弁当だ。エルたちが早起きして作ってくれた弁当になる。刻んだ焼き海苔に錦糸玉子。干し椎茸の煮物に海老や魚が乗っている。

飲み物は冷ました麦茶だ。夏だし熱い汁物は特になくても問題ないからね。

「船でもかような美味い飯が食えるとは……」

「水軍の話では船では握り飯くらいしか食えぬと聞いておったが……」

天気がいいし波も比較的穏やかなので、操船をするバイオロイドを除いた織田家とウチのみんなでお昼を食べている。

海だからそれなりに海風があるし、帆の影は涼しいけど、それでも操舵と操帆で影が動いて、日に当たれば暑い。そんな中で酸味の利いているちらし寿司は最高だね。

「長期航海になればウチの船でも食事は厳しくなりますよ。ですが今日は出立したばかりですし、中継地の大湊も近いですから」

波は穏やかなほうだけど当然ながら揺れはある。みんなさすがにそこまで食事は期待していなかったようだ。

だけど、今回の航海は外交的な意味合いもあるから、食事は頑張るつもりだ。

まだ尾張にすら持ち込んでいない瓶詰も食料として持参した。

もちろん佐治水軍にも同じ補給と弁当を差し入れした。ただ向こうは船に調理設備ないからね。一部にはビスケットとか保存の出来るものも積んである。

瓶詰やつぼ漬けは佐治水軍にも差し入れしてあるから、栄養は問題ないし喜んでくれるはずだ。みかんのシロップ漬けとか、他では手に入らないものも積んでいるしね。

佐治水軍もそろそろお昼にしているかな？

side：織田信秀

「ほう。桑名はわしが攻めると？」

「はっ。桑名は織田様が関東に船と使者を送るとの話を知らぬようでございます」

願証寺は早かったな。疑う必要すらないほどなのだが。

「わしを愚か者とでも思うておるのか？　桑名を攻めるのに南蛮船をあれほど集める必要があるか。それとも桑名にはわしごときでは思いつかぬ策でもあるのか？」

「ただの愚か者かと思われまする。我らも一緒にされては困ると参上致しました」

「禁裏の御料所を不当に占拠する痴れ者が」

ふふふ。一緒にされては困るか。確かに敵が攻めてくると大騒ぎをして、ただの勘違いでしたでは大恥だからな。『武家でなくて良かったな』とすら思うほどだ。さすがの願証寺も一緒だとは思われたくはないか。

「わしは桑名など攻めぬ。戦などしたとて蟹江と清洲の普請が遅れるだけではないか。そのほうらも分かっておるようだがな。まあよい。わざわざご苦労であったな。食事でも出そう。ゆるりとしていかれるがいい」

「はっ。ありがとうございまする」

願証寺はやはり手強いな。付け入る隙がないわ。このまま大人しくしておってもらうべきか。

桑名は……、まあ願証寺が好きなようにすれば良かろう。

side：六角定頼

「これは織田の謀か？」
「桑名が愚かなだけであろう。織田が関東の小田原まで船を出すとの評判を知らぬとは……」
「まことに攻める恐れはないのか？」
「願証寺が大人しく従うておるのだ。顔を潰すほど愚かではあるまい」

　桑名から急ぎの使者が来たというので会うてみれば、織田が攻めてくるので援軍を欲するとのこと。わしも重臣らもまさかと思い驚かされたわ。

　織田が北条長綱を送るついでに小田原に使者を出すことは、すでに当家ですら周知の話だ。織田と北条は同盟を結ぶかもしれぬとすら言われておるからな。

　桑名に兵を出すか？　まずあり得ぬな。

「御屋形様。念のため織田に使者を出しまするか？」
「要らぬ。まともに取り合うなど恥を晒すようなものだ」

　仮に織田がこの機に桑名を攻めたとて、何故わしが兵を出さねばならぬ。万が一織田と願証寺が争うならば、介入なり仲介なりしてもよいが。

　それにもし織田が桑名を取れば、それは当家が北伊勢にて動く口実にもなる。いずれにせよ今の桑名を助けるのは得策ではないな。

　商いで武家である織田の後手に回る商人など不要だ。願証寺が好きにするであろう。

side：佐治水軍の船乗り

「ん？　いかがした？」

「飯、間違ってくれたんじゃねえか？」

さあ、関東に行くぞ！　と意気込み出立して、しばらくした頃。波が穏やかなうちに飯にしようとしたら困ったことになった。

久遠様いわく『船乗りは朝晩に昼も飯を食べるものだ』と言われて飯を貰ったんだが、明らかにオレら向けの飯じゃねえな。

なにか分からねえ黄色や黒に緑の華やかな食材に魚や海老まで乗っているもんな。これは間違いなく客人の飯だ。

「届けてやらねえと困るだろ」

「久遠様の家臣も、うっかり間違うんだな」

美味そうだけど、ここは我慢して頭に伝えねえと。

「それは皆様の昼食ですよ」

船は近くを走っているんだ。飯の交換くらいすぐに出来ると頭に報告したら、沖に出るのに慣れていないオレらのために来た、久遠様の船乗りがとんでもないことを言いやがった。

さすがにそれはねえだろ。

「当家の習わしです。船乗りには出来る限りの食事を出してくれます」

こんな飯食ったことねえぞ。本当にいいのか？

まあいいって言うなら食ってもいいよな？　頭もちょっと迷っているが、久遠様の船乗りが言うんだから間違いあるまい。

「うめえ。生の魚と白い飯がこんなにうめえなんて……」

「これは別格だ。酢だって安くねえし、これは海苔だぞ！」

黄色いやつがなにか分からねえがうめえ。白い飯には酢の味が付いているけど……。酢ってこんなに甘かったか？

よく見れば頭も一心不乱に食ってやがる。というか舵はちゃんと取っているんだろうな⁉

「久遠様だから米の握り飯をくれたのかと思ったが、こんなうめえ飯をくれるなんて！」

そうだろうよ。麦の握り飯でさえ船の上だと喜んで食うからな。まさかこんな清洲のお殿様が食うような飯が食えるとは思わなかったわ。

「おい！　夕飯の前に菓子も食えるみたいだぞ！」

「本当かよ」

「ああ、あとなんか分からんが美味そうなものが下に山ほどあるぞ！」

おいおい。こりゃ食った分は必ず働かねえと水軍の名が廃る！　オレらは客人じゃねえんだ‼

side：久遠一馬

「これは絶景ですな！」

「あの……。佐治さん。危ないですよ」

　南蛮船の差配を学びたいとウチの船に乗ったんだけど、一番はしゃいでいる気がするのは、気のせいだろうか。

　いや、船乗りのバイオロイドと一緒に働いてくれているし、真面目に学びたいのは本当だろう。ただマストに登って見張りまでやらなくても。というか登りたかっただけだよね？

「そうか！　次はわしが登るぞ！」

「危ないですよ。孫三郎様」

「わしは木登りも得意でな。案ずるな！」

　木登りと一緒にしないでほしいな。本当に信光さんって信長さんと似ているよね。自由すぎる。

　でもこの人は戦になれば活躍するし、内政にも理解がある。この前なんか農業試験村に行ったみたいで、来年からは信光さんの領地でも一部でやらせたいって言ってきた。

　細かいことは家臣任せで自分はやらないけど、理解があるし新しいものを取り入れるのに迷いがない。

　くせ者と言えば失礼かな。要領はかなりいい人だ。

「叔父上ならば障りない。好きにさせておけ」

「これは面白きものですな」

　そして同じく自由な武士の信長さんは、信安さんと幻庵さんとジュリアとメルティでババ抜きをやっている。

船に乗ってから気付いたけど、信長さんと信安さんは実は仲がいいみたいだ。信安さんは割と落ち着いているからいいんだけど。

全体的に緊張感がないことが気になるけど、初めての大きな船での旅だから興奮するのも仕方ないかな。まあ外海に出ると波も高くなるし、信光さんたちも落ち着くだろう。

「このくらい元気なほうがいい」

ただ、みんなが船酔いしないか見守っているケティは、今の状況がちょうどいいと考えているらしい。考えてみればリアルな戦国時代って、数少ない記録から推測した姿が本物みたいに言われているだけなのかもね。

「あれ？　エルは？」

「鼻歌歌いながらお菓子を作ってる」

旅がワクワクするのはみんな同じか。考えてみるとリアルな世界に来たのに、尾張に来て以降は旅行とか伊勢神宮に参拝したくらいだからな。

ちなみに若手の武士たちは甲板で武芸の鍛錬をしている。慣れない船で戦になったときのためにと始めたけど、信長さんたちへのアピールをしたいという思惑もあるようだ。

side : セレス

司令たちが関東に出発しました。密かに潜水艦を配置して人工衛星と宇宙要塞のバックアップも万全です。万が一にも帰らぬということはないでしょう。

　それでも不安がないかといえば嘘になりますが。

「ほんと悪い人だったんだよ！」

　夕食も終わると、一緒に留守番をしているパメラと、津島のリンメイと熱田のシンディが集まって今日一日の出来事を話しています。

「命を粗末にするなというのは難しいですわね」

　シンディがパメラの怒りに考え込む仕草をしています。喧嘩で刃物を抜いて大けがをさせた人がいたようです。

　よくあることと言えばそれまでですが、このような喧嘩の結果が家族や一族の面目に繋がり、村や家同士の争いになることも珍しくありません。

「言い方は良くないけど、力で命じて従えるのが効果的ネ」

　少々過激な意見を口にしたのはリンメイです。もともと技能型である彼女はどちらかと言えば理屈や理論で物事を考えるのですが、人の意識を変えるということの難しさをこの世界にきて悟ったのかもしれません。

「それにしても、関東は興味深いですわね」

「私はケティが心配だよ。治療のためには頑張りすぎるから」

　司令がいないと那古野の屋敷は静かです。シンディとパメラはいつの間にか旅に出た司令たちを案じているようですね。

尾張が僅か一年ほどでこれほど変わったのと同じように、関東もなにか変わることになるのでしょうか？

甘えてくるロボとブランカの相手をしてやりつつ、改めて気を引き締めましょう。

「私たちは留守を守らねばなりません。特に桑名の動きには気を付けましょう。桑名が集めている牢人が勝手な行動をしないとも限りません」

懸念はいろいろとありますが、一部の牢人がこちらに来て暴れないとも限らない。留守中の役割分担と意思疎通をはっきりとしておきましょう。

司令たちが帰って来る場所はここなのですから。

side：久遠一馬

大湊に一泊して二日目。船はいよいよ大海原へと進む。さすがに沖に出ると結構な波がある。

太平洋西部域を南から北に流れている黒潮に乗るには、紀州の潮岬よりも沖に出る必要がある。

「孫三郎様。佐治殿、気分はいかがですか？」

「この程度の揺れなど心地いいくらいだ！」

「左様でございますな。水軍としてはこの程度の波など造作もないこと」

やっぱり今日になると船酔いをしている人がちらほらと出ているけど、人一倍元気なのは信光さんだ。さすがに今日はマストに登るのは遠慮してもらっているけど。

帆掛け船とは違う帆船の常識として、マストや帆の回りは素人が触れるのは危険だと昨日の夕食の時に説明したんだ。幸いなことに佐治さんも同意してくれて、波が穏やかな内海だから昨日は練習として登ったのだと言ってくれた。

信光さんは海が好きなようで、佐治さんと一緒に命綱を着けてまで甲板で海を眺めている。

「昔は津島や熱田に行ってよく船を眺めておったものだ。幼少の頃は水軍の長になりたかったくらいだからな」

「そうだったのですか」

「あの頃は織田弾正忠家も小さくてな……。まさか尾張を統べるとは思いもしなかった。父上に水軍の長になりたいと言うたら笑われてな」

見えるのは四方の海と空だけ。陸地が見えないことに不安そうな人もいるのに、信光さんと佐治さんは楽しそうだ。

船と波がぶつかる音をＢＧＭに信光さんは昔話を聞かせてくれた。まだ先代の信定さんが生きていた頃の話だから貴重だ。多分歴史には残らないような話だと思う。

「今の津島や熱田、そして尾張の賑わいを父上が見たら、さぞ喜んだであろうな」

そうだよね。織田の基礎を作ったのは信長さんの祖父の信定さんだ。それを信秀さんが育てたから今がある。苦労を知る信光さんからすると、こうして尾張を代表して関東に行くのも感慨深いものがあるのだろう。

「さすがに久遠家の者は、海に慣れておりますな」

そのまま無言で海を眺める信光さんと佐治さんと別れ、船の中に戻ると政秀さんに声をかけられた。船内では信長さんがトランプをしている。お客様なので暇なのもあるんだろうが、駆け引きとかを楽しんでいるみたい。

他にはメルティが鉛筆で絵を描いていて、幻庵さんと慶次が隣で教わりながら一緒に描いている。好奇心が強いんだよね。幻庵さんも慶次も。題材はトランプをする信長さんたちか。

あとケティは本を読んでいるし、エルは冬に向けて編み物をしている。尾張も冬は寒いからね。エルはみんなにマフラーを配ろうと編み始めたんだ。

「今日はまだ波は穏やかなほうですよ」

船内の明かりは、ランタンというかカンテラというかオイルの照明を使っている。明かりとりの窓はあるけど船だからそんなに大きくないし、やっぱり船室は照明がないと暗いからね。落としても簡単に壊れないように頑丈に作ったみたい。船だと揺れるから火気のものって危ない。ウチの船は密かに耐火コーティングしているけど。

「かように陸地が見えぬ海を船で走るとは……。南蛮人は勇敢なのですな」

「勇敢ですか。確かにそうかもしれません。ただ、目的は富を得ることや領地を得ることです。やっていることは日ノ本の者が戦に行くのとあまり変わりませんよ」

船旅が楽しいのか、どこか嬉しそうにも見える政秀さんと少し話をする。

「やはり日ノ本には外海に出る水軍が必要だな」

「……三郎殿は日ノ本のことを考えておられるので？」

「地球儀と言うたか。あの丸い大地を見れば駿河守殿も考えるであろう。日ノ本の外には数多の国があるのだ。内輪で争う間に攻められでもしたらいかがするのだ？」

「それは確かに懸念されまするな。されど、かつての先例からも日ノ本の武士ならば負けぬのではありませぬか？」

「戦で勝つより戦になる前に勝つほうが良かろう。織田はかずにそう学んだ」

南蛮人を勇敢だと語る政秀さんにオレは南蛮人の主要な目的を語るが、それに反応した信長さんと幻庵さんが日ノ本について語りだした。

信長さんは明らかに変わった。戦で勝つのはもとより、戦になる前にいかに勝つか。それを考えていると公言するほどに。

史実の織田信長は父信秀亡き後に、苦労して失敗もしながら学び成長したはずなんだ。その証拠に尾張統一と美濃併合に長い年月をかけている。

史実の織田信長が日ノ本の未来を考えるようになったのは、いつなんだろうか。

幻庵さんの目は真剣だ。信長さんを見極めようとしているんだろう。

オレたちのせいで史実よりさらに合理的な考えになったのかもしれない。海や海外に興味を抱いた分だけ幕府や畿内への興味は薄くなったのかな。

side：佐治水軍の船乗り

周りは見渡す限りの海だ。とうとう陸地が見えなくなった。お天道様と羅針盤と海図とかいう地図を見ながらひたすら船を走らせるしかない。

ただ、海では黒い船体に白い帆はよく見える。久遠様の船が見える限りは大丈夫だと思える。

まるで嵐の日の時化のように波が高く船が揺れるが、まだ今日は穏やからしい。久遠様たちはこんな中で船を走らせていたんだな。

操船の仕方は今まで鍛練してきたものと変わらない。頭は海の地図を見ながら頭を抱えていたけど。慣れれば大丈夫だって言われた。

「おーい。飯だ」

そういや飯の食い方も沖に出る時は変わるらしい。先にひとりが毒見役として飯を食って、しばらくしたらみんなが交代で食うのが習わしなんだと。まるで身分の高えお武家様みてえな食い方だ。

昨日は久遠様の用意してくれた飯だから良かったが、みんなで腹を壊さないように、そうするように命じられた。いろいろ考えているんだって感心しちまったよ。

「今日も白い飯があるのか」

今回の道中の飯は久遠様が用意してくれたものだ。糒で作った雑炊に、梅干しと炙った魚の干物。それと酢漬けまであるじゃねえか。

船ん中でも安心して使える火鉢を、久遠様より頂いたみたいで、それで作ったらしい。

長え航海だと水の確保が難しいのだと言われた。水ですら何日もしねえうちに腐るんだと。久遠様はいずこかに湧いている長持ちする霊水と、そうでない水を使い分けているようで、うちにも今回は帰りの分の霊水を分けてくれた。

　ただ、やっぱり水は貴重らしく、金色酒を水の代わりにと積んだみたいだ。雑炊も海の塩水を水で薄めて作ったらしいが、干した野菜も入っているし味はまずまずだな。しかし、あの金色酒より水が貴重なのか？

　オレらからすると梅干しも安くねえんだけどな。酢漬けも美味えな。

「おい、あのみかんの砂糖漬けはねえのか？」

「明後日だ。それにあれは銭を出しても買えねえもんだからな。帰りの分も残さなきゃなんねえ」

　まあ一番驚いたのは、初めて見た透き通った壺に入っているみかんの砂糖漬けだ。

　まさかあんなものがこの世にあるとはなぁ。織田のお殿様にもまだ献上してねえ代物らしい。昨日の夕飯で試しに少しずつ食ったが、あまりの甘さと美味さに言葉が出なかった。

　砂糖が貴重なのはオレにも分かる。あの透けている壺だってそうだろう。

「明日くらいにはもっと波が高くなって、雑炊も作れねえかもしれんらしいからありがたく食えよ」

　今日はまだ雑炊を作れたらしいが、明日になるとそれも難しいのか。でも糒はあるし見たことねえ『びすけっと』とかいう代物もある。なにより食えるだけでオレらは満足なんだがな。

　近頃は久遠様の仕事で飯が食えるようになったが、オレらの村は米もあまり作れねえからな。米があるだけでご馳走だ。

　魚ですら久遠様から頂いた大きな網で、今じゃ余るほど捕れるから食えるようになったが、前は貧しくて魚すら食えない奴もいたんだ。

久遠様は、オレらに北条との交易船を任せたいとお考えらしい。

遠方行きの船は久遠様が出しておられるが、さすがに近場にまでは手が回らないんだとか。関東が近場ってんだから凄えよな。

これからは、オレらがあちこちに荷を運ぶようになるのかもな。

side : 山科言継

「内蔵頭よ。また織田か？」

「はっ。季節の挨拶とのこと」

「伊勢の神宮からも良しなにと知らせが届いたが……」

織田から季節の挨拶として、酒や食べ物に絹織物や白粉などが届いた。春に持参したばかりの織田がまた贈ってくるとは。

しかも、伊勢の神宮にも寄進と珍しき奉納品と供物を納めたと言うのだから、主上も気にしておられる。神宮の現状にはだいぶ御心を痛めておられたからの。

前回の献上品はことのほか評判であった。主上は金色酒を大層お気に召されていた。それに白粉や絹織物ですら貴重で、皆に下げ渡されたほどだ。

清廉を旨とされる主上はあまり狙いが透けて見える献金は好まれぬが、狙いが分からぬのもまた気になるのが本音であられよう。

　ただ、織田からは此度も官位の打診はない。すでに三河守に叙してはおるが、表向きは尾張守護殿の臣下だ。そう軽々と己だけ昇位をと言いにくいのかもしれぬが。

「吾に届いた文によれば、南蛮の坊主には気を付けるように書かれておりました。近年には日ノ本に近きところまで来ておるとか。かの者たちは日ノ本の神や仏を決して認めず、己の信じる神でなくば神ではないとまで語るとか……」

「まことか？」

「明を知る者に問うたところ、似たようなことを語っておりました」

　挨拶の代わりにと送られてきた書状には日ノ本の外の話が書かれておった。南蛮の坊主の危うさと、背後には南蛮の国が銭や兵を出しておるとの噂があるらしい。

　念のため顔見知りの商人に確かめもした。その商人は直には知らぬとのことだが、似たような噂はあるようで、南蛮の商人も厄介な者どもなのは確かであろうと言うておった。

「日ノ本の外か……」

「いずこもなかなか大変なようでございます」

　ただ、先の商人はそこまで危ういとは思うておらぬ様で、織田の文にも気を付けるようにと書いておるだけなので、今のところ障りはあまりないのかもしれんな。なにも知らずにおくのは危ういという程度なのかもしれぬ。

「織田三河守は仏と噂されておるというのはまことか？」

「はっ。まことのようでございます。民を飢えさせぬように取り計らっておるとのこと。さらに病の際には手厚く治療もしておるようでございます」

「……武士にもかような者がおるのか」

武士に限らぬ。大樹や寺社ですら戦に明け暮れる昨今に、織田のような者は確かに珍しいのかもしれぬな。

そろそろ新たな官位でもと思うが、他は武士のほうから官位が欲しいと打診があるが織田からはない。現状で織田は上手くいっておるのでそれほど官位が必要ではないのか？

主上も少し考え込まれておられるようだ。大樹や管領には必ずしも勤皇の志があるとは思えぬところもある。かというて現状ではなにも出来ぬのが歯痒いのであられような。

無論のこと、織田だけが良いとまでは思わぬ。

されど、官位を欲するときだけ献上する者らと違うのは明らかだ。残念なのは織田が畿内にあまり興味がないことであるな。

「この度は金平糖なる南蛮の菓子も届いております」

「そうか。織田三河守には良しなにな」

「はっ。心得ております」

あまりようないことばかり考えても仕方あるまい。此度は硝子という玻璃に良う似た珍しい物や南蛮の菓子もある。しばしでも主上の御心が休まればよいのだが。

side：久遠一馬

初めての洋上での夜を迎えている。夜の海は真っ暗で漆黒の闇のように見えて不気味だ。『板子一枚下は地獄』なんて言葉があるが、夜になるとそれを実感する。

実際には、すぐ真下の海中に無人潜水艦が随伴しているから、万が一船が沈んでも助かるんだけどね。

「よく星を見るだけで船がいずこにおるかなど分かるな」

「あの星。あれが目印となる星です。あれが常に北を示している星なんですよ」

「ほう。しかし星ばかりで、いかにして見分けるのだ？」

「昔から人は、星に様々な形を当てはめて見てきたそうですよ。南蛮やお隣の大陸では遥か昔から、暦も星を見て作っていると聞きますしね。ウチには明や南蛮の星の知恵がありますから」

佐治さんは雪乃に天測の実地指導を受けている。まだまだ陸地から近いしね。そこまで天測が重要でもないんだけど練習には持ってこいだろう。

信長さんたちや幻庵さんたちも天測について知りたいというので、簡単に説明してあげよう。北極星と北斗七星くらいならオレにもすぐに見分けがつく。

なんかこうしていると小学校の時の星の観測会を思い出す。懐かしいな。

「周りになにもない海では、星を見て進むしかないのか」

「まあこの辺りではそこまで気を使う必要はないのですが。西や北に行けば陸地がありますから」

立場を気にしてか幻庵さんたちはあまり疑問を口にはしない。他家の秘伝とでも考えているのかもしれない。ただ、ざっくりした天文知識と航海術くらいなら別に知られても構わないだろう。

　水深などが書かれた海図と潮や風の流れの知識がないと沖乗りは出来ない。船もいちから造るのは相当苦労するだろうしね。


　夜も更けて当直の船乗り以外は休むことになるけど、面倒なのは部屋割りだったりする。信長さん・信光さん・信安さんには個室に入ってもらったし、幻庵さん一行も同様だ。

　あと女性陣も、エルたちと侍女さんたちで部屋を割り当てている。

ウチの南蛮船は、この時代の本物の南蛮船にはなかった水密隔壁もあるから個室は本物より多い。普段は荷物室になっているんだけどね。

　ちなみに水密隔壁は、この時代だと明のジャンク船にはすでにあるらしい。本当にこの時代の大陸って凄いよね。

「一馬殿は遠慮なさらず、奥方たちと一緒でも、誰も文句は言いませぬぞ」

「ありがとうございます。ただ平手様も皆と一緒なのですから」

　個室を政秀さんは辞退していて、オレも政秀さんや可成さんとか若い衆と一緒に雑魚寝になる。みんなはエルたちと一緒でいいって言ってくれるけどね。政秀さんも雑魚寝になるんだからオレだけ個室ってのもね。

　それにお清ちゃんと千代女さんなどの侍女さんたちもいるしさ。気を使って落ち着かないよ。ただ、一般的に武家だと侍女は側室か妾候補だからなぁ。

対外的にオレって女好きに見られているから、ふたりは側室か妾候補だと見られていると思う。

特にお清ちゃんと千代女さんクラスになると実家がウチでの地位も高いから、他家からの縁談を断るのが大変なんだ。

その辺りは親である資清さんや望月さんやエルと相談して断っている。

そもそも侍女は一般的には正室の下に付くらしく、ウチではエルが管理しているんだ。

ジュリアやメルティは人の管理とかやりたがらないし。ケティやパメラやセレスはそれぞれ病院や軍事関係の管理以外は手控えている。

まあ、お清ちゃんと千代女さんたちは結婚相手も考えてやらないといけないから、エルとはそっちもいろいろと相談をしているんだけどね。

揺れる船と波の音を聞きながらの就寝だ。

……誰だろう。イビキが凄い人がいる。

オレもこの船で雑魚寝なんて初めてなんだよね。眠れるかな。

side：滝川お清

ふと目が覚めました。まだ夜明け前のようです。

まさか船で夜を迎えて休むことになるとは。絶え間なく揺れる船が、とても奇妙な気分でございます。

私たち侍女も、此度はお供をするか各々で考えて決めるように命じられました。伊勢の神宮に行った際には船に乗りましたが、関東行きはそれとは比べものにならないほど大変だということで、織田家の皆様と共に事前に船に乗り、合うか合わないかも試しました。

幸い、そこまで合わないということもないようで、私はお供をしたいと願い出ました。それが私のお役目であるということも確かでございますが、出来ることならば船に乗り、遥か関東に行ってみたいという思いもありました。

多くのことを学び、多くの者と会う。甲賀を出てから楽しい日々でございます。

かような日々をいつまで過ごせるのか、私には分かりません。ですが、精いっぱいお仕えしていきたいと思っております。

関東とはいかなる地なのでございましょうか。口には出せませんが、それが楽しみで仕方ありません。

もう少し眠りましょうか。明日も精いっぱいお仕えしなくてはなりませんので。

side：久遠一馬

「陸だ！　陸が見えたぞ！」

「伊豆だ！」

「これほど早う着くなんて！」

夜通しで船を走らせたおかげで、三日目には伊豆半島に着くことが出来た。夜間航行は難易度も高く危険なので、航海を続けるか迷ったんだけどね。佐治さんがやろうと言ったんだ。

ウチの船と一緒の時にやれることを経験しておきたいらしい。幸い天気も悪くなかったからね。

でも途中で高い波に船が大きく揺れたこともあったし、三角波の多い海域も通った。皆さんも不安があったんだろう。伊豆半島が見えると歓声が上がった。

それなりの人が船酔いをして、ケティの酔い止め薬を飲んでいたしね。中には来なきゃ良かったと愚痴った人もいたとか。

ただ、この時代の帆船での旅の大変さを、皆さんも理解してくれたんじゃないかな。

「ここまで来れば一息つけますね」

「下田湊に入られると良かろう。すでに帰還の知らせは出しておるので、迎えの水軍衆がおるかもしれん」

船団はそのまま幻庵さんの勧めで、下田湊に向かう。返信は間に合わなかったが、幻庵さんが手紙を出していたからね。

伊豆の下田湊と言えば、江戸時代以降は有名な湊だろう。西から来た船が難所である遠州灘を越えて関東に入る際に、相模湾の風待ちなどに使った湊として知られている。

それと史実においては、江戸幕末にペリーの黒船艦隊が来たのも伊豆の下田湊になる。偶然とはいえウチの船団も下田湊に立ち寄るとは。歴史に黒船来航とか書かれたりして。

まさかね？

「前方に船を発見！　北条家の家紋があります！」

マストの見張りから船が見えたとの知らせを受けたのは、陸地が近くなった頃だった。北条家の船か。まさか待っていたのか。

とりあえず迎えではないらしい。船は小早だ。定期的に見回りをしている船みたい。彼らの案内で下田湊に向かうことになった。

伊豆の水軍の拠点らしいけど、確かに地形的に良港だね。交易船を出すなら寄港地として使いたいところだ。

「死ぬかと思うた」

「まだ揺れておる気がするな」

若い武士には上陸するとホッとした様子で笑顔を見せた者も多い。佐治水軍の皆さんもさすがに普段と違い大変だったんだろう。無事に来られたことを喜んでいる。

「西堂丸様。駿河守様。御無事にお戻りになられて、祝着至極に存じます」

「うむ。知らせは届いておるか」

「はっ。殿より丁重に出迎え、小田原まで案内せよと命じられております。……それにしても大きな船でございますな」

「日ノ本でも、これほどの船を持つ者は他にはおるまい」

西堂丸君は少し船酔い気味だけど、幻庵さんはピンピンしているね。出迎えの人と和やかに話している。周りでは北条水軍の皆さんがウチの船を物珍しげに見ている。

ガレオン船とキャラベル船もそうだけど、佐治水軍の船もかなり注目を集めているみたいだ。

「三郎殿。今日はここで休み、明日にも小田原に行かれてはいかがかと思うのだが」

「ここはすでに北条領、一切お任せ致します。よろしくお願い致しまする」

ちなみに信長さんもオレもそれなりの服装に着替えている。信長さんは出迎えの人と幻庵さんと話していて、この日は下田湊で一泊するみたい。

佐治水軍も大変だったから休ませたいね。

信光さんも信安さんもさすがに威厳というか、平たく言えばよそ行きの顔をしている。武勇に優れた信光さんと文官肌の信安さん。ふたりを加えるとバランスがいい。

「もしよろしければ……、少しでよいので、船に近付き見てもよいかな？」

「ええ。どうぞ。乗っても構いませんよ」

そのまま北条水軍の皆さんと話をして、明日の予定を確認する。今回の船団は風向きが多少良くなくても出発は出来る。ただ先導する船が北条水軍から付くだろう。そこの確認をしつつ、頼まれたので少し船を見せてあげることにした。

これから北条家と交易するなら、この下田湊を寄港地にしないと駄目だしね。北条水軍とも親交を深めたい。

side：北条水軍

「おい、聞いたか」

「ああ。若君が尾張から船で戻られるから、出迎えろって話だろ？」

「なんだ。聞いていたのか」

ここ下田の湊は、宗瑞公の頃より伊豆の北条水軍の根拠地になる。伊豆から西には駿河の海の向こうに遠州灘があり、船の難所であるが、それでもやって来る船はある。

近頃では尾張から荷を積んだ船が多かったが、此度は若君と駿河守様が、尾張の織田の船にて戻られるとか。

「聞いた話だと、噂の南蛮船が来るらしいぞ」

「あの伊勢の水軍を恐れさせておるという？」

「駿河守様の書状によるとそうらしい」

織田の南蛮船の話は、伊豆でも知られている。南蛮船そのものは久遠という商人の船で、今も明や南蛮と商いをしているとか。

伊勢の海の水軍衆を震え上がらせている船だと、前に来た誰かが噂していた。もっともたかが南蛮の船に震え上がるとは、伊勢の海は内海。やはり水軍もたいしたことがないなと、関東では笑われているが。

「おい。あれ……」

「黒い船だな……」

そんな数日前の話を思い出しながら、オレらは船が到着したというので湊に急いだ。到着が思うたより遥かに早かった。見回りの船が偶然発見して慌てて連れてきたらしい。

早く来たことも驚いたが、なにより見た目に驚いた。船体を黒く塗った船が十隻もある。しかも一隻は明らかに大きい。いや、大きすぎる。

帆柱の数も多く、帆の数も形も違う。これが噂の南蛮船なんだと、誰もが驚いたのが本音だろう。

「これは……？」

「金色砲だよ。鉄砲のでかいやつだな」

驚いたのも束の間、船に乗せてもらえて噂の金色砲を見せてもらうとさらに驚いた。

これも噂で聞いたことはある。南蛮の船には見知らぬ武器があり船を沈めると。片舷に八つ、両舷で十六もの金色砲が南蛮船には積まれていた。

中には入れてもらえぬが、よう見ると船もしっかり造られているようだ。少なくとも今まで見たどの船よりも、立派な船であることは確かだろう。

「こんな船が尾張にはあるのか」

「尾張というか久遠様の船だな」

「久遠様と言うと噂の商人だろう？　織田様に臣従したのでは？」

「久遠様は尾張でも別格だ。南蛮船は久遠様の船でオレらは久遠様に教えていただいて、あれを造ったからな」

伊勢の海の水軍もたいしたことがないとは、最早笑えなかった。

近くにいた水軍衆の男に話を聞いたら、そいつは知多半島の佐治家の者らしく、噂の久遠について教えてくれた。

『すでに尾張と伊勢の海の商いを制している』と言っても過言ではないと言う。尾張では織田家に次ぐ力があるのではと噂されているようで、なにより驚いたのは久遠が飢饉などに備えるために自領でもない佐治家の大野を助けているという話だ。

一緒に山を整える木を植えたんだと、誇らしげに語る男が、オレは少し羨ましかった。

天文十七年晩夏。

織田家による関東訪問が行われた。これと前後して『桑名の一人相撲』があったが、黒船船団はそんな桑名をまったく気にすることなく出発したと伝わる。

この関東訪問に関しては、太田牛一による『天文関東道中記』として現代に伝わっているが、その内容は驚くべき部分も多くある。

『天文関東道中記』によると、初日は船上でちらし寿司弁当を食べて、佐治為景や織田信光はマストに登っていたとある。

他にも織田信長は、織田信安や今巴の方こと久遠ジュリアや絵師の方こと久遠メルティと『久遠絵札』をしていたとの記載もあり、信長と僅か数ヵ月前まで守護代だった信安が親しい関係だったことなどが窺える。

加えて南蛮人であり臣下の妻だった者たちと信長が気さくに遊ぶ姿に、当時の久遠家と信長の関係が表れているとも思われる。

太田の著書は全体として誇張や偽りがなく、信長や久遠一馬は旅の思い出として気に入り晩年に至るまで手元に置いていたほどだった。

ただし、太田の著書としては異例であるが、本作は内容を誇張しているのではとの疑惑を口にする学者もいる。

当時の造船や航海技術ではそこまでの余裕があるはずがないとの理由と、久遠家が自家の力を誇示するために余裕があるように書かせたのだという主張になる。

もっとも久遠家の南蛮船は尾張に来た当初から黒く塗られていて、すでにコールタールを使用していたことは佐治水軍の記録から間違いない。

それらの推測と太田の残した記録から考えると、模倣したはずの本場の南蛮船を久遠家がすでに超えていたのだとも思われる。

二日目以降は波のある外海を航行したようで、船酔いする者が続出したようだった。ただ、元々船に慣れている久遠家の者たちは船酔いとは無縁だったようで、さすがは久遠家の者だと言われていたと記されている。

船酔いは船医として同行した薬師の方こと久遠ケティにより改善されたが、尾張から東に行くには当時としては危険な難所が幾つかあり、大変な船旅であったようだ。

一馬自身は信長を筆頭にした織田一族に個室を譲り、他の者と雑魚寝をしていたようで、信長や他の者たちを気遣い、奥方とも寝所を別にしたことを、皆が絶賛したと記されている。

さらに関東の北条家の資料には、黒船船団は当時の常識では驚くほどの速さで伊豆に到着したようで、慌てて小田原に知らせを出したとある。

十隻の黒船船団は、南蛮船など恐るるに足らずと息巻く北条水軍を驚かせ、大きく黒い船体と複雑な帆に見入ってしまったと伝わる。

なお、下田への寄港時には北条水軍の関係者を南蛮船に乗船させて船を見せていたようで、最高クラスの軍事機密を見せることで誠意と友好を示したとの記載もある。

北条家の資料にはこの件は黒船来航と書かれていて、後の歴史にも鑑みて、織田に黒船を派遣させた北条幻庵の先見性と偉業を讃えている。

ちなみに近代になると下田では下田黒船祭として、この時の出来事を祝う観光目的の祭りを行っていて、数年前には有志が久遠家の黒船を模した船を造り、普段は下田港に係留展示されているが、祭り前に小田原に移り、観光客を乗せて下田黒船祭に合わせて来航するなど盛り上がっている。

皇歴二七〇〇年・新説大日本史

第四章　黒船来航

side：大湊の会合衆

十隻の黒い南蛮船が関東に行った。六隻は佐治水軍の船らしいが、少し前から噂になっていた佐治水軍の南蛮船がもう使えるとは……。

やはり伊勢の海の水軍で織田は頭一つ以上抜けたな。佐治水軍は久遠の力添えで鉄砲や焙烙玉も潤沢にあると聞く。

久遠も本領からすぐに四隻も船を呼んだようなので、相当な余力があるということであろう。

「それにしても桑名はいかがしたというのだ?」

「まさか織田が攻めてくると騒ぐとはな」

「怖いものだな。明日は我が身だ」

織田はいい。先日も関東に行く際には大湊に寄り、誼を深めておるのだからな。

懸念は桑名だ。桑名はおかしくなったのかと本気で案じたくなるほどだ。願証寺はもとより北伊勢の国人衆や六角どころか、北畠にまで声をかけた結果、大恥を晒した。

六角や北畠は動かなかったが、北伊勢の国人衆の中には戦かと支度をした者もおったとか。

恥晒しだと切り捨てるのは容易い。されど奴らには奴らの考えがあり、それなりに確信もあったはずだ。

「幾ばくかの者はすでに桑名を離れておる。織田も桑名を遇することは二度とあるまい」

大人しくしておれば、頃合いを見計らい許されることもあったであろうに。此度の件で、桑名が織田に刃向かうのだということを、改めて示してしまった。

蟹江の湊が出来れば、商いはそちらが主流になるであろう。桑名は熱田か蟹江から船で乗り継ぎ、東海道を行く宿場町として生き残るしかあるまい。

それでも、桑名が北伊勢で一番の町であることは確かだ。織田ばかりを見ずに北伊勢との連なりと商いを模索すれば良かったものを。

「一度得た自らの立場と富を手放したくはなかったのであろう」

織田と久遠も落ちる時が来るやもしれぬ。されど、当分はあり得ぬ。久遠の助力がなくば、南蛮船を造る技と沖に出る技を他の水軍が獲得し、交易を始められるようになるまでには数十年はかかるはずだ。

久遠とてそれは承知のこと。他が久遠の交易を真似て物にする頃には、久遠はさらに大きゅうなっておるのやもしれぬ。

桑名は……、我慢出来なかったのであろうな。

格下であった尾張の織田や新参者の久遠に商いを奪われることが。

「されど武士に商いをするなと、言える立場でもないからな」

そうだ。武家であれ寺社であれ、商いが利になると知れば利を手に入れようとする。当たり前のことだ。

織田と久遠が他所と違うのは、商人を使い銭だけを巻き上げるのではなく、自ら商いをすることであろう。

我ら商人は困るが、向こうからすれば当然のことであろうな。

「公方様も、今はあれだからな」

本来ならば公方様が日ノ本を治めるはずが、近年は公方様の威光は畿内から出ればあってないようなものだ。

「桑名の目の前を悠々と走りゆく南蛮船を見て、桑名から逃げ出す商人が増えたのは当然だな」

「集めた牢人が不満で暴れておると聞く。久遠の船には富が山ほどあると。煽り立てて集めた牢人だからな」

現状の桑名は、商人が逃げ出し、牢人が暴れている。最悪の状況らしい。

さて、あとは願証寺がいつ痺れを切らすかだな。これ以上の騒動は願証寺としても困るであろう。

「奴らのせいで伊勢商人は欲張りで信じるに値せぬと笑われておるぞ！」

「構うな。我らとは関わりはないことだ」

困るのは我らも同じか。諸国からは同じ伊勢商人と見られるからな。とはいえ関わっても我らに利などない。

まことに困ったことばかりしてくれるわ。

side：里見義堯

「噂の南蛮船か」

「はっ」

夏も終わろうかという頃。相模より面白き噂が流れてきた。

いつの間にやら尾張に行っておった長綱めを送るために、尾張の織田が南蛮船を出すと噂が流れてきたのだ。

長綱め。なにをしに尾張などに行ったのだ？

関東では伊勢の輩は余所者。心から臣従しておる者などおるまい。

同盟相手は甲斐の武田くらいではないか、あとは関東でも渋々従う者のみ。同盟を結ぶ相手にも事欠き、尾張まで行ったのか？

風向きが少し変わったか。まさか尾張の織田が伊勢の輩と同盟を結ぶ気か？

「殿。いかが致しまするか？」

南蛮船など恐るるに足らぬ。我らは伊勢の海で腑抜けておる軟弱な水軍と違うのだ。一気に叩いても構わぬが。

「しばし様子を見られてはいかがでございましょう。向こうから挨拶に来ぬとも限りませぬ」

「雷を呼ぶ金色砲か。下らぬ噂を流されて信じるほど、坂東武者は甘くないわ！　沈めてしまえばいい。伊勢の輩と誼を結ぶ者がいかがなるか見せてくれようぞ！」

家中の意見は割れたか。どうも織田の噂は誇張されたものばかりに思えるからな。

飢える者には施しを与え、病の者には薬を与える。戦になれば雷を呼び、瞬く間に城を落とすなど下らぬ噂を広めおって。

されど尾張からは貴重な酒や食べ物に、絹などが入ってきておる。献上品を持ってくる商人とでも思い、使うのも悪うないか。

「討つとしても帰りで良かろう。こちらに挨拶に来ればよし。来ぬならば討てばいい。関東の海を誰が制しておるか見せてやるわ」

噂の南蛮船が欲しいな。上手く手に入れられぬものか。挨拶に来れば、隙を見て召し上げることも出来るが。

来ぬのならば一戦交えて奪うのみ。我らが南蛮船を手に入れて、明や南蛮と商いをすれば、伊勢の輩など一捻りよ。

「誰か物見を相模に送れ。南蛮船がいかなる船か見て参れ」

「はっ！　ではさっそく」

いかに南蛮船とて地の利はこちらにあるのだ。大きな船ならば小早で一気に近付けば敵ではない。伊勢の輩ごときに騙され負けた古河公方と関東管領も落ち目だ。上手くいけば、我が里見が海から関東を制することも、叶わぬではないのかもしれぬ。

ふふふ。運が回ってきたな。

side：久遠一馬

下田は町というよりは漁村に近いところみたいだ。西から来る船がここに立ち寄るのは史実の江戸時代とそう変わらないようだけど、あいにくと船が江戸時代と比較しても発達していないから、やってくる船はそう多くないみたい。

まあ、水軍と各地の土着勢力が好き勝手に税を取る影響で、交易も楽じゃないからだろうね。

「そういえば北条家は里見と争っているんだっけ？」

「現当主は里見義堯。刑部少輔を称しておって、小弓公方が健在の際には関東副将軍も称したとか。元は北条家の力を借りて、家督を奪った後に裏切り独立したようでございますな」

下田の湊の地形と立地はいい。もう少し整備して流通の拠点にしたらいいと思うが、ふと下田から少し行った安房国、元の世界でいう房総半島南部を中心とした地域には、里見がいることを思い出した。

史実では上杉謙信なんかと組んで最後まで北条と敵対していた大名だ。水軍が結構強いのは有名だが、それ以上はあまり印象がない大名といえば失礼になるだろうか。

一益さんに忍び衆が調べた情報を聞くが、概ね史実通りだろう。

「関東は足利家と管領の上杉家の内紛が、争いの元凶のようでございますからな」

現状でオレたちが気を付けるべきなのは、里見に近い海賊の襲撃だ。それも含めて、いろいろ原因や因果はあるんだろうが、争いの元凶は足利家の御家芸である内輪揉めか。

なんでみんな足利家を担ごうとするんだろうね。オレに理解出来ないところもある。この時代だと朝廷はほんと空気みたいに存在感がないしさ。まぁ、朝廷に存在感がないことが戦国時代を生き残れた理由なんだから、一概に悪いとも言えないけど。

「あまり案ずる必要はないでしょう。明日からは北条水軍が付くようでございます」

　オレたちの船は明日からは北条水軍の案内で小田原を目指すことになった。慣れない海域だしね。そのほうが安全だ。実際は織田がお客さんになったから好き勝手は駄目だということだろう。

　ちなみに下田と言えば金目鯛だよね。夕食に期待したけどなかった。エルいわく金目鯛が名物になるのは随分先の話みたいだ。

　あれは深海魚の一種みたいで、この時代の沿岸漁業だとまず捕れないんだとか。しかも、時代的に淡白な魚が好まれるからなぁ。捕れても下魚で嫌われて終わりらしい。残念だ。

「小田原かぁ。どんな町かな」

「大きな港はないようですね。そもそも北条家は現状では水軍が強いとは言えず、史実では紀州出身の梶原景宗が北条氏康公に見込まれて水軍を任されたとか」

「へぇ。名前だけはなんとか知っているけど」

「私たちと同業と言っても差し支えないかと。武装商人のようですからね。この時代ではまだ仕官はしていませんが、紀州から関東に荷を運んでいるようです」

　夜が更けると、あてがわれた寝所でエルたちと明日以降の打ち合わせをしなくてはならない。もちろん聞き耳を立てている者がいないのを確認してからだけど。

北条家はまだ水軍にあまり力を入れていないのか。

「戦のメインは陸上ですからね。しかもこの時代の城は山城が多く、海運は遠州灘などの難所のせいで多くありません。水軍は主に里見家と江戸湾近隣の水軍を相手にするしか役割がありませんので」

うーん。関東はどうしようね。エルの説明を聞きながら考える。史実同様に争わせて時間を稼ぐか北条に協力して東の守りを期待するか。

幻庵さんや西堂丸君と親しくなったこともあり、北条と協力したくなるけど……。

「現状では多少支援しても、そこまで大きな影響はありませんよ。関東の対立は根深く、関東の諸勢力や越後の長尾家がそう簡単に弱体化するわけではありませんので」

織田による日ノ本統一を目指すにしても、味方は増やしていく必要がある。どっかのゲームじゃあるまいし、大名を根こそぎ滅ぼして統一なんて現実的じゃない。

でも、史実の江戸幕府よりは中央集権にしたいと思っている。北条家は残したいな。少なくとも史実の越後長尾、後の越後上杉を見ると、あそこを残してもあまり役に立たない気もするし。

まあ、氏康さんと会ってからだね。歓迎されているかも分からないしさ。

それはいいとして、ケティが先ほどからエルたちのスタイルを見て少し複雑そうな顔をしているのが気になる。

オレはケティも好きなんだけどなぁ。

side：雪乃

私とリーファは船で待機しているわ。リーファは元々船のほうが安心すると言うほど船が好きで、この世界に来てからも上陸するより船で寝泊まりしているほうが多いかもしれない。

ただ、今夜はそれなりの理由がある。北条家とは友好関係を構築しつつあるけど、騙し討ちなどあって当たり前の時代。船を空にするなどもっての外よ。

また幻庵殿たちにその気がなくとも、奪ってしまえば……、なんて考えて勝手に動く人がいないとも限らない。

見張りと警戒は当然必要で、万が一の際にはすぐに船を動かせるように備える必要があるわ。

今はリーファが休んでいて、深夜には交代することになる。

「静かね」

波が船体に当たる音が絶え間なく聞こえて船が揺れる。宇宙との違いはそこを一番感じるわね。

北条家も警備の兵を配置してくれた。ありがたいことだけど、彼らもまた警戒対象となる。

「まるで黒船来航ね」

もっとも警戒しているのは北条側も同じ。司令や若様たちが上陸している現状でこちらが敵対することは考えにくい。でも警戒するのが当然のこと。

この時代では類を見ない大きさのこの船は人の恐怖を誘う。難しいものね。力を見せないと軽んじられる可能性がある。かといって見せると警戒される。

夜食のおにぎりとみそ汁で空腹を満たしつつ、私は今回の航海日誌を記す。

ガレオン型一隻とキャラベル型が三隻、それと佐治水軍の久遠船が六隻。オーバーテクノロジーを考慮しないと見た目ほど安泰とは言えないわね。

side：久遠一馬

いよいよ小田原に出発だ。ここからは効率を重視しないで沿岸を北条水軍の先導に従い移動する。こちらの巡航速度に向こうが付いてこられないから仕方ない。

外海での船酔い地獄を経験した皆さんはホッとしているみたいだね。

北条家の小田原城は戦国時代でも屈指の名城だろう。秀吉の小田原攻めの際には町を囲む総構えにて、全長九キロにも及ぶ土塁と空堀を作ったのは有名だ。

謙信や信玄も落とせなかったのか、落とす気をなくすほど堅固だったのかは分からないけど、史実では結果として籠城して撃退に成功した城になる。

まあその成功体験が、秀吉に対しても籠城を選択するという過ちに繋がった気はするけど。

現状ではそこまで改築はしていないのだろうが、海に面している城と城下町としての価値は高いだろう。もっとも港らしい港はないみたいだけどね。

この時代だと天然の地形を利用した港が大半で、わざわざ港を作るなんて滅多にしないみたいだからなぁ。

「見えてきましたな」

「おお！　やっと着いたか！」

夜になる前に小田原に着くことが出来たみたいだ。町が見えると喜びの声が上がる。

うーん。明らかに船から降りることを喜んでいる人がいるね。帰りは船が苦手な人は陸路にしたほうがいいかな？　とはいえ『船が苦手だから陸路を』とは言えないだろうな。

「しかし、本当によろしいのですか？」

「殿には許しを頂きました。ご案じめされるな」

あまり陸地に近付きすぎるとウチの船は座礁すると、表向きには言ってある。浅くなった浜辺から離れた場所にガレオン船とキャラベル船と久遠船を停泊させると、幻庵さんからとんでもない提案をされる。

「ちょうどよい余興ではないか」

「そうだな。ただ黒いだけだと思われても面白うない」

信長さんと信光さんは賛成か。信安さんと政秀さんは無言だ。反対はしないが賛成とまでは言えないのかもしれない。

「分かりました」

失敗だったかも。船の中で信長さんや幻庵さんたちに、空砲を撃ち、以って礼砲にする話をつい教えてしまったんだよね。

さすがにこの時代にはそんな儀礼はない。久遠家では長い航海から戻ると、空砲を撃って無事に帰還したと知らせる習慣があると辻褄を合わせた。

撃つのはガレオン船とキャラベル船だけじゃない。佐治水軍にも抱え大筒や鉄砲を撃たせることにしている。これは信長さんと信光さんのアイデアだ。やるなら派手にやろうと言い出したんだ。

「よし。礼砲用意。　……撃て！」

号令をかけるのは信長さんの役目だ。指揮系統ははっきりさせておかないとね。信長さんたちだけじゃない。佐治水軍の皆さんもやる気になっている。

タイミングは合うかな？

「おお！　なんたる迫力！」

「これが南蛮船の力か……」

間近にいたからか大気を揺らすほどの轟音が響いた。

織田家の人でさえ大砲の発射音を聞くのは初めての人もいる。清洲攻略の時は参陣していなかったり、臣従していなかった人たちだろう。佐治水軍は服部友貞との夜間海戦の際にセレスが空砲を撃ったので知っているはずだけど。

気になるのは陸上のほうだ。先に知らせの使者を上陸させて、許可を取ったみたいだけど……。

大丈夫かな？　史実の黒船みたいな騒ぎにならないといいけど。

side：北条氏康

「なっ……なんたる轟音か……」

「まるで天が揺れたようだわ。これほどとは……」

西堂丸と叔父上を出迎えるついでに、織田の一行も出迎えようと海に来たが、叔父上から南蛮船の砲を撃たせてみたいとの使いが来るとは。

南蛮船の持ち主である久遠の習わしだと言われると駄目だとも言いにくい。

それに国人衆や関東に広く南蛮船の噂を広めたからな。思うたより到着がかなり早く、まだ多くは集まってはおらぬが皆が注目しておるはずだ。

その力。見せてくれるならばと喜んで許しを与えたが。思うた以上の武威であった。小田原の町中に響き渡ったであろう。事情を知らぬ者たちには、済まぬことをしたかもしれん。

「信じられぬ船を連れてきましたな」

「左様。あれほど大きな船は我らには造れませぬ」

然り。砲の音だけではない。特に一番大きな船は関東にはあり得ぬ大きさだ。これでまだ船足が遅いならば敵ではないが、叔父上の寄越した使いの話と実際に到着した日を考えると驚くべき速さで来たことになる。

「伊勢の海の水軍衆が大人しくなるわけですな」

正直なところ家中には、織田のことを軽く見る者もおる。

斯波の家臣に名を連ねておったのは知る者もおり、尾張の虎の噂はそれなりの者は知っておろう。

されど、所詮は守護代家でもない分際と謗る者が出るのは仕方のなきことだ。

まして久遠など、誰も聞いたこともない新参者の商人と思うておったからな。

黒船の数は十隻。あれがすべてではあるまい。それに叔父上の文には佐治水軍の船も六隻含むと記してあった。

恐ろしい。織田が海から力を得て大きゅうなったのもよう分かるというものだ。

「織田は関東での商いを増やしたいのでしょうな。これは是非とも当家で仕切り、商いの取り引きを増やさねば」

然り。織田の狙いは今川の牽制と商いの拡大。言われなくとも分かる。だが商いの拡大は当家が得るものも多い。

難所ばかりで、海は僅かな商人の船しか来ぬ関東に、尾張からの船が増えれば、今までは今川や武田の顔色を窺いつつ贖っておった品物も手に入りやすくなる。

織田は今川とも取り引きをして三河で優位に動いておる。今度は織田の顔色を窺わねばならぬが、選ぶ伝手は多いほうがいいのは明らかだ。

「あの船。欲しいな」

「さすがに難しゅうございまする」

南蛮船は難しくとも佐治水軍の使うておる船くらいならば、我らでも造れるのではあるまいか？よく見ると形が我らの船と近い船があるではないか。

とはいえ、あの船は織田の力の源泉。そう容易く他所には出さぬであろうな。

まあよい。織田の一行を見極め、誼を深めながらゆるりと考えることとするか。

side：織田信長

集まった民に遠巻きに囲われた、明らかに身分の高い者たちがおるな。

「西堂丸様。駿河守様。お帰りなさいませ」

「出迎えご苦労」

やはり西堂丸たちの出迎えか。だが、それを考慮しても周りの様子が物々しい。

「三郎殿。こちらが我が主の左京大夫様にございます。殿。こちらは織田弾正忠殿が嫡男、織田三郎殿でございまする」

中でも周囲の者らの様子から只者ではないと分かる者がおったが、まさか左京大夫がこの場に来ておったとは。

「よき船であるな」

挨拶を交わすと左京大夫は船に触れた。

「大きいものから四隻は久遠家の南蛮船、残りは佐治家にて久遠家の助力を得て造った船にございまする」

「遥々尾張から来られたのだ。城に来るがよい。歓迎致そう」

「ありがとうございまする」

周りにおる民の様子を見れば、左京大夫の力量や人望が分かる。民が左京大夫をただ恐れておるわけではないのだ。

「やはり、なかなかの御仁のようでございますな」

「ああ」

左京大夫は駿河守と西堂丸を連れて、先に城に戻った。爺も叔父上たちもその様子から、油断出来ぬ相手だと悟ったようだ。

左京大夫がおったのならば、かずらも先に降ろすべきだったかもしれん。

オレは格上の者と会うたことがあまりない。とはいえそれは当たり前のことだとも言える。暗殺や毒殺の恐れがあるのに、他国にわざわざ行く理由がないのだ。

北条にしても西堂丸はまだ幼く、信じることも出来るかもしれぬが、駿河守は腹芸のひとつやふたつしてもおかしくはないし、左京大夫とて言うまでもあるまい。

「町が賑わっておりますな」

「北条には伊豆・相模・武蔵と今や三ヵ国の領地があるからな」

かずを呼びに行かせて、しばらく考え込んでおったら、爺と叔父上たちが町を眺めて、賑わいについて話しておった。

町の賑わいはそのまま北条の力を示しておると言えよう。特に爺は畿内に幾度か行っておる。その爺が賑わいについて口にしたのは気になるな。

『関東など所詮は鄙の地だ』とよく言われるが、まことにそうなのか？

「へえ。なかなかの町ですね」

「やはりそう思うか？」

「町というのは、治めているお方で変わりますから。清洲や桑名がいい例でしょう」

船から降りてきたかずは、町を見て笑みを浮かべた。この男はすぐに顔に思うておることが表れるな。オレも気を付けねばならぬ。

しかし面白きことを言うたな。なるほど左京大夫のみではなく、小田原の町と北条すべてで見るべきかもしれぬ。

「これは城も凄いな」

「そうですな。堀といい土塀、土塁といい、以前の清洲とは比べものになりませぬな」

賑わう町を案内役に先導される形で城へと歩いていく。叔父上たちは尾張とは比べものにならぬ堅固な城に驚いておる。爺は石山なる本願寺の本拠を知る故に落ち着いておるのだろう。

親父はあまり城にこだわりはないからな。かずらが清洲城の改築を勧めたのでやる気になったらしいが、籠城というよりは商いや領内の統治に役立つと聞いて決めたくらいだ。

本来、弾正忠家の領地には山城はなく、籠城には向かぬことも理由らしいが。

オレがこの先、日ノ本の統一を目指し、道を進むならば、このような城を幾つ落とさねばならぬのであろうな。

今までのようなやり方では出来ぬのではなかろうか。

side: 久遠一馬

突然の礼砲に小田原は軽い騒ぎとなり、海辺には武士から坊主や領民までが集まっちゃったな。

そりゃあ突然の轟音が響けば驚くよな。

ただ、オレたちにはどうすることも出来ず、北条家の家臣の人に案内されて小田原城に行く。

「見られておりますな」

一益さんが沿道に集まって来る見物人になんとも言えない笑みを浮かべている。

「大きな音だったからね」

当然ながらガレオン船が接岸出来る港はないので、小舟に乗り移り上陸した。信長さんたちが先に上陸していて、オレとエルたちは滞在中の船のことの確認と贈答品の陸揚げなどの準備で最後にしたんだ。

金色砲の噂や花火の反響でもそうだけど、元の世界と違い、車もなければ飛行機もないので、大きな音にこの時代の人は免疫がないのかもしれない。せいぜい太鼓の音や鐘の音を聞く程度だろうからね。

しかし氏康さんが出迎えてくれるとはね。名目は西堂丸君や幻庵さんの出迎えだろうけど、ここで自ら出てきたのはこの時代では珍しいと思う。とにかくこの時代の人は、自分の血筋や体裁にこだわる人が多いのに。

もっとも秀吉の逸話のように、公式の場と非公式の場を使い分ける人がいてもおかしくはないけど。

織田は現状では格下の相手であり、北条からすると当主が出迎えるなんて、あり得ないはずだと思うんだけどな。

船団はリーファと雪乃に任せる。信長さんとも話をしてあるけど、万が一の際には独自に動いていいという許しも得ている。

エルたちは一緒に上陸して小田原城に行くことにした。

一般的には、女性が他国への使節団に加わっていることがまずあり得ないことなんだよね。ただ、そこまでおかしな扱いは受けないだろう。

幻庵さんたちはオレたちのことを知っているし、知識や実力を理解している。

もちろん信秀さんの許しも得ていることだ。オレたちが北条や関東を見聞して、その可能性と今後を見定めることが織田にとっても得るものが多い。

礼儀作法とかそれなりに学んだけど、あまり使ったことはない。少し不安だ。

氏康さんとの目通りはすぐに行われた。三十代前半だったはずだが、威厳と言うか貫禄がある。信秀さんもそうだけど、人生経験は容姿に影響を与えるんだろうか?

オレは良くも悪くも普通だと思う。歴史上の偉人と対峙するような経験はあまりない。

氏康さんとの謁見は特に問題もなく進む。正直、オレは挨拶くらいしかすることがない。日頃は自由な信長さんも、こういう場面では別人のようになる。やっぱ出来る人は違うね。

「叔父上たちが世話になった。まさかあのような船で送ってもらえるとは。南蛮にはあのような船が多いのか？」

「私も南蛮までは行ったことがありませんので直には分かりませんが、あのような船が日ノ本の近くまで来ていることは確かでございます。それと正しくは当家の船は南蛮船を当家で模倣した船になります」

型通りの挨拶が終わると、話はウチの船と交易の話となった。この話は政秀さんとオレが話さないと出来ないんだよね。

幻庵さんが上手く氏康さんや北条家の皆さんに説明をして、オレから話を引き出している感じか。織田を上手く立てながら必要な話を引き出して、双方の利益と友好を深めたいと考えているのは明らかだ。

さて、どうなるかね？　史実にはない対面と関係なだけにどう影響するか誰にも分からない部分がある。

歴史ではない現実なんだよね。改めて実感するよ。

side: 桑名商人

「だから真偽を確かめろと言うたであろうが！」

「なにを今更！　己もあれだけ牢人を集めおって！」

織田は我らのことなど眼中にないということか。舐められたものだ。武士による介入を許さずに今まで桑名を守り抜いてきたことが、ここで仇となるとはな。

迂闊であったことは認めねばなるまい。今までは頼まなくても我らには周辺の噂や動きの知らせが入ってきた。それが今では織田を恐れ、誰も我らに噂や周辺の話を持ち込まなくなった。

皆が恐れておるのだ。織田と久遠をな。

久遠は信義を重んじ、己を認めてくれた織田やいち早く過ちを謝罪した大湊には寛大ながら、敵対した者や双方に賭ける者には驚くほど厳しい。織田大和守家の家臣だった者など門前払いだと聞くほどよ。

かと思えば素破などの輩を過剰な待遇で召し抱えるなど、我らには理解出来ぬことをする。よく織田弾正忠はあのような勝手を許すものだ。

「それでいかがするのだ？」

「いかがとは？」

「あの牢人どもだ!!」

「さっさと町から叩き出せ！」

「たわけが。今、叩き出せば奴らのことだ。暴れて手が付けられなくなるぞ！」

伊勢どころか尾張や近江、下手をすれば関東にまで大恥を晒したのが、天下の桑名だとはな。

だが今の懸念は尾張でも大恥でもない。集めた牢人衆だ。ろくに食べ物も銭も持たぬあの無法者どもをなんとかせねば、桑名はさらに困ったことになる。

援軍を要請した六角や北畠は騒がなかったので助かったが、北伊勢の国人衆からは抗議と戦支度に要した銭を要求されたうえに、集めた牢人衆が己らの領地に来るのではと怪しんでおる。

　願証寺からは間違うても、奴らを尾張に向けるなと釘を刺された。もちろん願証寺の寺領は言うまでもない。

「銭でも与えて放り出すしかあるまい」

「かようなことをすれば奴らは尾張に行くぞ！　尾張は銭とものがあふれて豊かだと煽ったのだからな！」

「ではいかがすると言うのだ？」

「それが分からぬ故、こうして話をしておるのだろう！」

　最早いかようにもならぬな。損切りをする時かもしれぬ。こやつらとて誰が裏切り寝首をかくか分からぬのだ。

　もとより商人には忠義も御恩と奉公もないのだ。信義など愚か者のすることだ。

　さて、いかがするべきか。

side：北条氏康

「まずは某の勝手で西堂丸様の素性を尾張にて明かしたこと、深くお詫び申し上げまする」

「それはよい。小田原に南蛮船を迎え入れることが出来たと考えればの。それより旅の話を聞かせてくれぬか」

さて、織田一行を歓迎する宴の前に、叔父上から尾張と織田の話を聞かねばならぬな。

「大まかに話すと以上になりまする」

叔父上の話には困惑する者もおるようだ。『一時の成り上がりではない』が叔父上の所見か。

祖父が興した北条家のように、織田はまだまだ大きゅうなると。叔父上にそこまで言わせるとは……。

尾張たたらのことは風魔が探っておったが、足利学校を模した学校と大きな病院なる診療所。それに新しい湊か。

「なにより荒れた村を復旧し、田畑を再び拓いておる姿には驚きました。費用はすべて織田が出しておるとのこと」

領内を整え、流人にさえ仕事を与えておるか。それほど織田の商いは儲かるのか？

武士が町を歩けば拝まれるなど、聞いたことがないわ。それなりに歳を重ねると出家する者もおるが、民からそこまで慕われるとは。まさに祖父のようではないか。

「まことの南蛮船に関しましてはすべて久遠の船のようで、弾正忠殿も三郎殿も同盟者に近い扱いをしておるようにも思えました」

さすがは叔父上だ。会わねば分からぬことも見えたか。

さらに織田が躍進した理由が、久遠の主導する商いと明や南蛮の知恵だとは。よくそこまで聞き出せたものだ。

「弾正忠殿も三郎殿も大きな隙は見当たりませぬ。また、一度や二度の戦で織田が負けても、権勢の大きな衰えがあるとは思えませぬ」

「それほどか？」

「はっ。もし数年で我ら北条と互角の領地を得ても某は驚きませぬ」

話し半分で聞いても驚くしかないわ。三河も西は織田の勢いが増しておるし、美濃は和睦を進めておると聞く。

困ったことに、叔父上がまったくの見当違いをするとも思えぬ。

「隙があるとすれば、久遠殿はあまりに武家とは違いすぎることかと。弾正忠殿と三郎殿ならばよいと思いまするが、もしふたりが早々に亡くなれば……」

ふむ。隙は久遠か。もし久遠が良からぬ野心を抱いたら……。

「織田はやはり商いを望むか？」

「はっ。それが一番の望みかと」

織田の行く末は、まあいい。当面は懸念がないならば友誼を深める価値はあろう。

関東にて明や南蛮の品物を手に入れるには、西に頼らねばならぬ。仮に織田が久遠に代わってもこちらとしては関わりのないことよ。

「懸念は今川でございますが……」

「構わぬ。今川とて織田と商いをしておるのだからな」

所詮、同盟の話まではいかぬであろう。今川がいかに受け止めるかは別だが、今川と敵対しておるから商いもするなとは言えまい。

あの難所続きの伊勢の海から伊豆の海までを船団のままで来たのだ。なれば商いはこの機会を逃せば必ずや悔いるであろう。

「殿。久遠殿の奥方たちには南蛮の者もおります。皆優秀で多くの知恵も備えておりますれば、使節の主だった者と共に夜の宴には招くべきかと」

「よかろう。叔父上。接待役を任せる。他の者では上手くやれぬかもしれぬからの」

南蛮の女か。確かに見てみたくはある。だがあまりじろじろと見るわけにはいかぬ。

家中の者にもくれぐれも言うておかねばならぬな。

礼砲。

現在、日本圏にて行われている礼砲は、久遠家が長い航海から帰還したことを祝い、空砲を撃ったのが元祖と伝わる。

日本での礼砲の最古の記録は、織田の黒船船団が小田原に到着した際に、送り届けた北条の使節団の帰還を祝い撃ったのが最初である。

これは『天文関東道中記』にも北条家の資料にも記されていて、快晴の空に織田は雷様を呼んだと小田原から関東や奥州にまで噂が広がったと伝わる。

なお、欧州では久遠家は東ローマ帝国の末裔だとの説などが割と信じられていて、礼砲も元祖は欧州だとの説がある。しかし当時の欧州の資料には一切記載がなく、日本圏では久遠家の東ローマ帝国末裔説そのものが歴史的に見てもあり得ないことだとされており、この件に関しても無関係であるというのが定説となっている。

『天文関東道中記』には、織田一行が見た当時の関東や小田原の様子が克明に記されている。

筆者の太田が凝り性だったらしく、記述が増したようで、当時の武士から庶民の様子まで分かる歴史的にも貴重なものになる。

小田原城に関しては、織田家の者たちには驚きも大きかったようで、後に影響を与えたとも言われている。

皇歴二七〇〇年・新説大日本史

第五章　北条家の人々と関東

side：滝川資清

「そろそろお着きになられた頃でしょうか」
「風次第ですが、着いていると思います」
「無事にお戻りになられるとよいのですが」
「船は大丈夫でしょう。沖を走るのは確かですが、陸地から近いですから」

殿がおられぬと尾張は静かな気がする。セレス様を筆頭にお方様は幾人もおられるのだがな。

それにしても織田の大殿は大胆なことをなされるものだ。セレス様は船旅に懸念はないとは言われるが。

万が一、船が沈めばいかがなることやら。北条が敵となり織田家と久遠家の関わりもいかがなるか分からぬというのに。

久遠家と船は切っても切り離せぬ。慣れるしかないのであろうな。

「桑名の商人の件で職人なども引き抜けそうでございますが、いかが致しましょう」

セレス様と話しておると大湊から仕官した湊屋殿が姿を見せた。さすがは大湊で会合衆をしていた男だ。動きが早いわ。

「素行に障りがなければ構わぬ。すべて引き抜いてよい」

「そうですね。支度金を出しましょう」

わしも案じてばかりおられぬのであったな。殿の代わりにやらねばならぬことが多い。領内で進めておる普請や商いに桑名の件も裁定して、時には大殿やお方様がたの裁定を仰がねばならぬのだ。商い自体はお方様がたがされておられるものの、各商人との取り次ぎなどはわしら家臣がせねばならぬ。殿やお方様がたは需要と言うておられたが、商人がなにを欲して、民がなにを必要としておるかなどを把握せねばならぬからな。

同じ尾張の者でも大半の武士は、殿や我らの苦労は理解しておらぬことだ。

「しかし、桑名がこれほどおかしなことになってしまうとは……」

湊屋殿の動きが桑名を追い詰めておる。明らかな引き抜きだからな。

桑名に力があれば阻止も出来るのであろうが、最早、大商人ですら逃げ出す者がおるという。少し前ならば信じられぬことだがな。それに去る者は追わず、とは出来ぬ。反織田・反久遠の根深き者が逃げた先で、第二・第三の桑名を作られては堪らぬ。しばらくは見張らねばならぬのだ。

「予定より早いですが、警備兵を津島と熱田に少数でも先行して送りましょうか」

「牢人のことでございまするか？　されど、まだ鍛錬が足りずに未熟でございますぞ」

「津島と熱田に送るのは、当家の警備兵から選抜して派遣しましょう。臨時でならよいでしょう」

ふむ。確かに桑名から来た牢人については良からぬ話を聞く。町の中で乱暴狼藉をする者や盗みを働く者が絶えぬという。

懸念は桑名が邪魔になった牢人を町から追放する、との話があることだ。銭も持たぬ牢人などろくなことをせぬのは明らかだ。

「では清洲に行って大殿に話をして参ります」

「お願いします。将は任せます」

「はっ」

セレス様は殿よりも世の中の厳しさを理解しておられるように思える。

殿は少し人を信じすぎるが、セレス様は常に緩みなく警戒をしておられるお方だ。

津島と熱田は織田家に臣従しておるし、久遠家とも上手くやっておる。しかし、当家の技を与える以上は相応に警戒すべきだ。

無論、今この時に津島と熱田が裏切るなどとは、わしも思わぬがな。

派遣する将は大殿が下命されるならばいいが、任されるならば当家から出すか。

ああ、桑名から来る商人や職人の家と仕事も世話せねばならぬな。太田殿がおらぬだけに忙しくてかなわぬ。

各所との根回しは太田殿がしておったからな。

side：久遠一馬

信長さんたちは小田原の町と小田原城に驚いていたな。伊達に元の世界で難攻不落の城と言われたわけじゃないね。

史実の小田原攻めの時のような町を包む総構えはまだ存在しないけど、相模湾が広がり背後には山がある。小田原城も広い堀と土塀に囲まれていて敷地も広い。

尾張にはここまでの城はないからなぁ。改築中の清洲城も単純な防御力では敵わないだろう。地形的に清洲では無理だね。美濃の稲葉山城のほうが単純な防御力は上かもしれない。

ただ、信秀さんは清洲での籠城戦なんかほとんど考えていない。元々弾正忠家は表向きの地位が低く津島や熱田を守らないとダメだったし、尾張の地形とか、いろいろ理由があったんだろうけどね。

「荷降ろしには数日ほどかかります。贈答品を最優先にさせていますが」

「急がせなくてもいいんじゃない？」

氏康さんとの対面も終わると小田原城の一室にて休憩することになり、船の守りのために残ると言ったリーファと雪乃を除くエルたちと合流した。

幻庵さんが手配したらしく、エルたちの扱いも丁寧だった。こういう細かな配慮が出来ることが、あの人の凄いところなんだろうな。

「町に行きたいね」

「今日はさすがに無理ですね。明日には行けると思いますが」

ただ、ジュリアとメルティは城よりも町に遊びに行きたかったみたい。

エルは少し苦笑いを浮かべて困った顔をしている。ふたりは面倒な公式の対面とかエルとケティに丸投げするから。

夕食は歓迎の宴になるらしい。驚いたのは、エルたちも信長さんたち使節団の主要メンバーやオレと一緒に、氏康さんの出席する宴に呼ばれたことか。

人数が多いからね。一般的には限られた人のみを氏康さんと一緒の宴に招いて、身分の低い人たちは別に歓待するらしい。にもかかわらずエルたちを同席させた。

幻庵さんの指示だろうね。

「いかがですかな」

「美味しゅうございます」

宴は和やかな雰囲気だ。さっきの謁見の時はガチガチに堅苦しい雰囲気だったのに。

料理はやはり鯛の塩焼きがメインにあって、程よい焼き加減でふっくらとした身が堪らない。

鯛の白身の甘さを程よい塩加減が上手く引き出していて、シンプルだけど腕の良い料理人の仕事だと分かる。

ああ、汁物はきちんと出汁が取られている。魚のつみれのようだ。

これはアレだ。エルたちが教えた調理法だね。魚の臭みはないし、出汁も雑味が少ない。

ただ、信長さんが別人のように大人しくて違和感がある。よくよく考えてみると、氏康さんは今まで他国で会った中で一番権威のある武士なのか。官位なら氏康さんが従五位上で信秀さんは従五位下だし、この時代は幕府や朝廷でそれぞれの格付けがあるからややこしい。

尾張の守護である斯波義統さんは、治部大輔の官位を持っているから正五位下なんだよね。織田家の主家だから特に意識したことはないけど。

伊勢神宮のお偉いさんに会った時はすぐに終わったからな。

酒は金色酒に濁酒もある。

北条側は全員ではないのだろうが、北条一族と重臣が出席しているようだ。でもあんまりエルたちが注目されていないのは驚きだ。まさかそこまで気を使ったのか？

こうして見ると北条家での幻庵さんの影響力が分かるね。だとすると織田と北条の関係は予想以上に上手くいくかもしれない。

「それにしても金色酒はいいですな。かような酒がこの世にあるとは……」

「左様。近頃は手に入りやすくなりましたな」

「実は本日は尾張でもまだ知られておらぬ、新しき酒をお持ち致しました」

和やかな雰囲気の中で信長さんは、お酒の話題で盛り上がる北条家の皆さんに切り札のひとつを切ることにしたみたい。

「これは……」

「梅を趣向にした酒でございます。蒸留酒という酒に砂糖と梅を漬けた品になります。小田原は梅が名産と聞き及びましたので持参致しました」

信長さんの言葉で運ばれてきたのは壺に入った梅酒だ。もちろんこれは宇宙要塞で造った酒になる。酒飲みにはこれ以上ないお土産だろう。

今後北条家との関係が上手くいけば、ウチから蒸留酒と砂糖を売り、北条の新しい名産になるかもしれないという考えがある。

　もちろん尾張でも造るけど、生産量を考えると足りない。砂糖と蒸留酒を売れれば尾張にも十分儲けはある。

　共通の利益が出る商いを今回の土産に用意したんだ。

「これは……、また酒精が強いですな」

「しかも美味い。それに砂糖が酒にもなるとは……」

　北条家の皆さんは初めての梅酒を喜んで飲み始めた。すでにそれなりに飲んでいるんだけど大丈夫だろうか？

side：ジュリア

　静かに料理と酒を楽しみつつ、宴に参加している者たちの様子を見る。敵となるのか味方となるのかは分からないけど、土地が違えば人も違い、生き方も違うことは見えてくる。

　司令はなるべく争いは避けたいと考える人だ。それは正しいと思う。だけどね。人と人が争うことはなくならないだろう。人が人である限り。

　所作振る舞いや酒の飲み方でも分かることがある。こちらを見定めようという者もいれば、なにも考えていない者も当然いる。

アタシはあまり深読みするのは好きじゃない。だけど時と場合による。

今この瞬間に北条がこちらを捕らえようとしたらどうなるのか？　最低限の警戒と想定はしておいて当然だ。

まあ、あり得ないだろうけどね。

エルもメルティもケティも、それぞれ自分の立場と視点でこの宴に臨んでいる。アタシたちは偵察衛星や虫型偵察機とかあるから、情報を得ることはこの時代の人とは比較にならないほど出来る。でもね。こうして直に会って得る情報が貴重であることに変わりはない。

一筋縄ではいかない手強い相手だ。そう思うと少し笑みがこぼれそうになるのを押さえて、静かにしていようかね。

side：久遠一馬

「ジュリア、気になることでもあったのか？」

「アタシだって時と場所は選ぶよ」

宴は和やかなまま終わった。金色酒とか梅酒とか酒精の強いお酒を飲んでいたせいで、北条家の皆さんはかなり酔っ払っていた人もいたけど。

こちらは尾張での宴では一番飲んで盛り上がるタイプのジュリアも、今回は警戒した様子で終始大人しかったし、信長さんとか織田家のみんなは緊張していたのもあって醜態を晒す人がいなかったのは良かった。

「梅酒の評判は良かったし、誼を築くためにも予定通り梅酒の造り方を教えようか」

「氷砂糖の歴史は古くからあり、紀元前三世紀の資料に類似する記載があります。日本では石蜜という名で同じく類似する品物が遣唐使により持ち込まれたとの記録がありますね。私たちで売っても問題ないでしょう」

エルが説明してくれるが、原材料の焼酎と氷砂糖がこの時代では相当高くなるんだろうな。

そもそも砂糖ですら薬として高値で売られているからな。別にウチでは薬として売ってはいないんだけどね。末端の商人なんかは、当然のように薬として売っている。

ウチでは金色薬酒とかは薬として売っている。金色薬酒は金色酒の数倍の値段で少量ずつ売っているけど、それでも評判になりつつある。

梅酒も梅と蒸留酒の生産量が大幅に増えない限りは、高価な薬にでもしないと品薄になるかも。


「これが日ノ本とな?」

「はい」

翌日には北条家の皆さんに贈答品の目録を贈った。

金色酒・砂糖・鮭・昆布・椎茸・胡椒・唐辛子・絹織物・綿織物などのウチの代表的な商品に、地球儀・硝子の盃・陶磁器も持参した。ウチの醤油やみりんなどは商品じゃないので、料理を習った幻庵さん個人のお土産物とした。

ほとんどは今後の商いのための試供品でもあるけど、氏康さんが食いついたのは一足先に荷卸しして現物を見せた地球儀だった。

大地が丸いなんて意味が分からないと言いたげだ。ただ、小田原から見える水平線は丸いから多少の想像はつくのかな？

西へ向かって出航した船が東から戻ってくるということと、天測により位置を調べると大地が丸いと説明するしかない。

「南蛮までは、いかばかりかかるのだ？」

「船で一年ほどでしょうか」

「それほどかかるのか」

地球が丸いという話は反論がないというか、半信半疑というのが本音か。まあ、あり得ないとこの場で言い切る人がいないのはさすがとしか思えない。

伊達に先進的な統治法をしているわけではないようだ。

それよりは北条家の皆さんの興味は南蛮にあるらしい。日ノ本から南蛮まで行くのにかかる日数や南蛮の国がひとつではなく幾つもあること。

南蛮が遥か離れた土地を侵略したことなどを教えていく。ああ、宗教が危険なことも、もちろん教えなくてはならないね。

「なるほど。弱く無知な国は生き残れぬということか」

「はい。ただ、現状ではそこまで大軍を送り込んではいませんね。南蛮の国もいろいろあるようで」

やっぱり海外の紛争事情はこの時代の武士には理解がしやすいみたいだね。まさに弱肉強食の戦国時代そのものだからな。宗教の話も一向宗のことがあるから理解しやすいんだろうな。加賀では国を乗っ取った実績がある。

そして話は尾張から相模までの海路の話に変わった。難所が多いだけに、どうやって早く来たのかが気になるらしい。この話は西堂丸君や幻庵さんが知っていることなので話しやすいから少し気楽だ。

正直、間違った説明をしていないか心配でハラハラしたけど。説明はエルに任せたい。

商いの話も改めて出た。ウチが欲しいものを知りたいみたい。

まずは、硫黄と湯の花は取れるだけ欲しい。あとは、小田原名産の梅干しに真鶴半島の本小松石も欲しいな。優先度は低いが、北条で盛んだと言われている鋳物もいいかもしれない。

なんとか交易が一方的にならないようにしないとなぁ。

「それで当家からご提案があります。昨日の梅酒を北条家で造りませんか？」

「あれを作れるのか？」

「はい。元となる酒と砂糖はこちらから融通致しますので」

「なるほど。それで双方に利があるのか」

梅酒を北条で造れると知ると、北条家の重臣の皆さんが少しざわめいた。どんだけ酒好きなんだ。

材料はほとんどウチから買わないとダメだけど、自分たちで造れば利益にもなるし気持ち的にも違うよね。自分たちで全部飲んでしまいそうな気もするけど。

side：北条氏康

思うた以上だ。

地球儀とやらには驚いたが、まだ織田と朝廷にしか出しておらぬものと聞いて家臣らがざわめいたわ。

他にも久遠が扱う品に、透明な硝子の盃や陶磁器。絹と綿の織物とは。返礼に悩むほどだ。

狙いが商いと分かっておるが、それにしても多すぎる。こちらを格上として顔を立てておるのだと思うが、それ以上の返礼をしなければならぬこちらの身にもなってほしいものよ。

これは税の優遇も含めて考えねばならぬな。硫黄と湯の花とやらも用意させねば。

それと織田一行が鶴岡八幡宮と温泉に行きたがっておると、叔父上が言うておったな。すぐに支度をさせるか。

しかしさすがは叔父上だな。恐れるべきは久遠の知恵であろう。風魔も明や南蛮までは行けぬ。

聞けば叔父上は尾張の武士に大層慕われたとか。学校にて教えたともいう。その返礼として明や南蛮の話を我らに教えてくれたのであろうな。

格下として扱ってはならぬな。商いと知恵を考えると同格でも驚きはない。

主要な話が終わり、叔父上から久遠殿の奥方を改めて紹介された。

叔父上いわく今川の寿桂尼殿のような聡明な奥方らのようで、医師や絵師でもあると聞き重臣らの驚く声がする。

「病はない。ただ虫下しは出しておきます」

特に薬師殿は西堂丸の腹が弱いのを治したというので、わしを含めて診てもらうことにした。

正直ただの娘にしか見えぬが。叔父上の顔を潰すわけにもいかぬ。

幸いなことに誰も病ではない。皆が虫下しを出されたが薬師殿の薬はよく効くという。

「あなたは？」

「侍女でございます」

「その者がいかがしました？」

「懐妊しています」

「おおっ！　それはめでたい」

薬師殿が最後に声をかけたのは侍女だ。薬師殿が少しだけわしのほうを見たのは、話していいのか気にしたのであろうな。

懐妊の話に叔父上が喜ぶと、すぐに安堵した顔を見せた。

侍女の懐妊となるとなにかと騒動になることもあるからな。聡明との話は確かなようだ。

「しかしまだ見ただけでは分かりませぬな」

「生まれるのはまだ先だから。あまり無理はさせないほうがいい」

「そうじゃな。奥方様には某から話しておこう。そのほうは静養しておるがいい」

「畏まりました」

しかし我が子の懐妊が分かるとは。織田はわしに吉報をもたらすのやもしれぬな。

side：久遠一馬

翌日には幻庵さんの案内で箱根の温泉に行くことになった。

もちろん箱根権現と早雲寺にも参拝する予定で、こちらもみんな喜んでいるね。オレは観光気分だけど、他のみんなはリアルに神仏を信じているから目的が違いそうだ。

リーファと雪乃は船を守るために残った。申し訳ない気もするが、あのふたりはギャラクシー・オブ・プラネット時代も、放っておくと宇宙艦で暮らしているように見えるほど船にいたふたりだ。誘っても船を降りないかとも思うが。

小田原から箱根は意外に近い。ただし、この時代の箱根は街道の難所だし、当然ながらそこまで道の整備もされていないけどね。普通に山登りだから当たり前か。

あっ！　富士山が見える。昔貰ったお土産の絵ハガキとか思い出すなぁ。

「奥方らは馬に乗るのもお上手ですな」

「ええ。まあ」

ああ、エルたちはここでも馬に乗っている。みんな尾張でも馬に乗っていたからね。ただ北条家の人からすると、身分のある女性は輿や籠に乗るもので、やはりエルたちは容姿だけでなく行動も珍しいようだ。

あからさまにジロジロと見てはいないが、北条の兵たちなんかは物珍しそうに見ている時がある。エルたちは気にしていないようだ。慣れたのだろう。

箱根湯本に到着すると、オレたちはさっそく早雲寺に来ていた。ここは北条早雲の遺言で創建された寺だったはず。どうも湯本が門前町らしいね。

なんと言うか。かなり立派で広いお寺だ。極論かもしれないが寺社をきちんと整備するかどうかが、この時代の武家の統治能力を測るひとつのバロメーターなのかもしれないな。

「これほど寄進と供物を頂けるとは。ありがとうございまする」

早雲寺には目録と見本品を納める。寄進は関東では明銭が人気みたいだから明銭で三百貫。供物は伊勢の時より少ないが、長旅なので許してほしい。現物は後で北条家に運んでもらう。

関東諸将と北条家に、織田の力と意思をきちんと見せるには寄進と供物は必要になる。

ああ、今夜の宿は早雲寺になるのか。オレたちはお客さんだし、寺社か城に泊まることになるよね。北条としても下手なところには泊められない。

「いかがですかな？」

「いいですね。この辺りも街道を整えると、参詣や湯治で人が大勢来ると思いますよ」

あてがわれた部屋で休憩をしていると幻庵さんがやってきた。

地形的な理由か方角が違うからかは分からないが、あいにくと富士山は見えないものの箱根の山はよく見える。温泉もあるし寺社もあるから、道を整備すればもっと栄えるようになるはず。

現状でも臨済宗の禅寺としてはかなりの規模だし凄いんだけどね。

「人を大勢とは……。武士はあまり考えることではありませぬな」

「土地を治めるのか人を治めるのか。どちらも必要だと私は思うんですよ」

箱根は整備すれば観光名所になりそうなんだよね。幻庵さんに箱根の感想を問われたのでそこを教えておいた。

ただ、幻庵さんには少し不思議そうな顔をされた。人を集めて観光名所にするという概念はあまりないんだろうな。

そもそもこの時代の旅は危険が付き物だ。山賊や盗賊に海賊ばかりではない。普通の村人も余所者を殺して荷物を奪うなんて平気でやるらしい。

もちろん尾張ではそんなことをさせないように努力している。だけど極論を言えば死人に口なし。バレなきゃ問題ないという考えはあると思う。自分たちだけが大事で、余所者はどうでもよいと考えているのだろうな。

警備兵の訓練はそんな犯罪捜査もあるからね。苦労している。科学的な捜査までは出来ないけど論理的な捜査は必要だ。

この時代だと捜査というか詮議というか、非論理的な方法で犯人を決めつけるからなぁ。関係者全員から個別に話を聞いて、矛盾点がないかくらいは調べてほしい。

さて、箱根に来たからには温泉だ。近くにある湯宿に足を運んでようやく温泉に入れる。

本当にありがたいんだけどね。ひとつ気になるのは、エルたちばかりか侍女さんたちまで一緒に入ることか。

幻庵さんが気を利かせて男性陣とウチの女衆を分けてくれたんだ。だからこの温泉はウチの女衆だけで使えるんだけどさ。

「せっかくですから侍女たちも入れてやりたいので」

オレの微妙な様子にエルが理由を教えてくれる。

個人的に嫁入り前の娘さんたちと混浴って気が引けるな。普通に考えてオレたちの立場だとお風呂にも人が付くのはさすがに理解する。ウチの屋敷だと付かないけどね。

この時代の常識では、オレたちより先に入るわけにはいかないし、後で入って待たせるのも良くないんだよね。

肝心の侍女のみんなは、まったくと言っていいほど気にしていない。この時代だと混浴は当然だからな。侍女としての役目もある。みんな素直に温泉に入れることを喜んでくれているんだ。

「気にしたら負けだと思う」

ケティさんや。オレの顔色を見て突っ込むのは止めてほしい。

まあ過剰に騒がないのが大人か。今は温泉を満喫しよう。


エル・ジュリア・ケティ・メルティに、千代女さんとお清ちゃんなどの侍女さんたちとのんびりと温泉に浸かる。

温泉自体はいいお湯だ。羨ましいなぁ。元の世界の情報から蟹江では温泉が出るはず。早く掘らせたいけど、願証寺や北伊勢からの人足たちに割り当てた工事が一段落しないと温泉掘りを見られるからな。

見られても問題はなさげだけど、見られたくないのが心情だ。まだどうなるか分からないからね。願証寺や北伊勢は。

「うふふ。いいお湯だね」

「効能もある」

「絵にでも描きたいわね」

露天風呂だから景色もいい。ジュリアもケティもメルティも初めての本物の温泉に上機嫌だ。ただ、この光景を絵にするのはさすがにやめてほしい。

「凄い……」

「浮いております……」

侍女さんたちはエルの胸を見てがく然としている。前にも言ったがこの時代だと胸に性的な意味はない。とはいえ自分と違う部分に興味があるのは女の本能みたいなものかな。

「貴女たち。無礼ですよ！」

そんな侍女さんたちを千代女さんは一喝した。いつの間にか千代女さんは若い独身の侍女さんたちのまとめ役になりつつある。

もちろん資清さんの奥さんとかいるし、全体としては年配者がまとめているけど。資清さんの娘であるお清ちゃんは気遣いが出来るけど、優しい性格からかまとめ役に少し向かないからな。

ああ、彼女たちの結婚はどうしようかな。この時代だと、ほんの少しでも身分や立場があると、自由恋愛がまずないからな。

それでもエルに頼んで、恋仲になる人は一緒にさせてやりたいと様子を見ているけど。それも簡単じゃないんだよね。

この時代の常識はもちろんだけど、恋仲になっても別れることも当然あるから。

難しいのは、オレの側室か妾を期待する子もいることか。正直そんな子がそれなりにいるみたい。おかげでなかなか他の人と恋愛関係にならないんだとか。

そんなことをしなくても粗末に扱わないんだけどね。それがこの時代の常識なんだろう。

この時代だと家族を殺されて側室にさせられるとかあるからな。それと比べればウチが天国なのは理解している。

正直なところ領地開発や経済政策より、家中の細かい問題のほうが悩みの種だよね。

女性陣はいつの間にか女子校の修学旅行みたいに楽しげな様子だけど。お肌の手入れ方法を話したりしている。

戦国時代の常識とは違うけど、ウチはこれでいい気もするね。

side：里見義堯

「ほう。それほど大きな船だったと？」

「はっ。一隻は見たこともない大きさでございました。それに帆柱の数も多く、なにより黒い船体が異様でございます」

小田原に探りに出した者らが戻ってきた。噂の南蛮船は思うた以上に大きい船もあるのか。

「いかに思う？」

「恐らくは遠方に行くための船なのでは？　日ノ本でも明に行く船は大きいと聞き及びまする」

「左様。大きいと小回りが利かぬはず。それに漕ぎ手がおらぬ風任せの帆掛け船など、戦には使えますまい」

そうだ。あれは南蛮に行くための船なのだ。戦えぬこともないのであろうが、風任せの帆掛け船ならば数で押せば敵ではあるまい。

あとはわしのところに挨拶に来るか？　来ぬのならば、いずこで仕掛けるか、出来ればこちらに近いほうが良いのだが。

「ただ、織田は雷を呼んだと小田原では評判でございます」

「人が雷など呼べるはずもあるまい。仏に仕える者すら雷を呼ぶなど聞いたこともないわ」

少し考えておると探りに出した者らから、また与太話があった。

まさか南蛮人は雷を呼ぶとでもいうのか？

「それはよい。船と織田はいかがしておるのだ？」

「はっ。船は小田原の近くに停泊して荷を降ろしております。織田一行はいかにも箱根へ向かった様子。恐らくは箱根権現にでも行くつもりではないかと……」

織田はこちらに来る気があるのかないのか。そこが分からぬ。小田原城に泊まり、伊勢の輩の兵に守られながら箱根方面へ向かったという。

挨拶の先触れがないということは、わしを軽んじる気か？

「いかが致しましょう」

織田は思うたよりうつけ者かもしれぬ。伊勢の輩にばかり肩入れしては恨みを買うことになるのだぞ。

今川と接する以上は伊勢の輩との関わりがほしいことは、わしぐらい聡明ならば理解するが、伊勢ごときの客人にまでなるとは。愚かとしか思えぬ、

「水軍の支度をしておけ」

伊勢めの三崎水軍が気になるが、本気になれば攻められぬこともない。小田原におるという南蛮船を奪い、伊勢の輩と織田の誼を潰してやろうか。

今川や古河公方にも使者を出すべきだな。上手くいけば今一度、関東の諸将と今川の力を合わせて伊勢の輩を叩けるやもしれぬ。

古河公方も関東管領も衰えた今が好機だ。わしは南蛮船を手に入れて海から関東を制してみせようぞ。

久遠とやらに出来るのならばわしに出来ぬはずがない。

そうとなれば使者を急ぎ出さねばな。

side：久遠一馬

今日は箱根権現へと行く。

箱根権現は箱根の山を信仰した山岳信仰が始まりと言われている。古くは源頼朝もお参りをしていて、『武家には縁起がよい』とこの時代の人たちは考えているみたいで、信長さんたちも是非行きたいと言っていた場所になる。幻庵さんが別当として社僧の長をしているホームだ。

オレも来たのは初めてだな。元の世界では旅行をしたこともあるけど、寺社とかはあんまり行かなかったしな。

「やはりこれはよいものだな」

「まことによき履き物にございますな」

ああ、昨日の旅路からオレたちは登山用の靴を履いている。もちろん時代相応に少し改造をしているけど。

当然ながらオレたちだけで履くのもどうかと思ったので、エルが他の織田一行のみんなの分も事前に用意してきたんだ。

この時代だと整備された登山道などないし、獣道かと思うようなところが街道と言われていたりする。攻められにくく守りやすくするために街道の整備とかしないからな。

特に地方の山だと道が良くないと思い、別途、登山用の靴を用意してきたんだ。

実はオレたちは普段から靴を履くこともある。この時代の草鞋とかも履くけどね。信長さんは前に欲しがったので靴をあげているし、冬なんかは履いている。

夏は靴より草鞋や下駄のほうが快適だからあまり履かないらしいけど。でもこれだと『信長と藤吉郎の冬草履』の話は生まれないだろうね。

今回のメンバーだと信光さんは特に登山靴が気に入ったみたい。歩きやすいからだろう。

北条家の皆さんの分はないけど幻庵さんには靴をあげた。サイズを事前に測らずにエルが身長などから割り出した靴を用意したんだ。

これ初対面の氏康さんとかに贈り物にするには向かないんだよね。一緒に箱根には来ていないけど、西堂丸君にも靴をあげたよ。でも子供はすぐ成長するから半年保たないかも、きつくなったら無理に履かないように注意をしておいた。

「山の木々が素晴らしいわ」

「まことでございますね」

箱根の山と遠くに見える富士山にみんな喜んでいる。やはり富士山は日本人にとっては特別なのかな？

メルティに至っては富士山の絵を描きたいと下絵を描く道具を持参している。手伝っているのはお清ちゃんだ。幻庵さんからも良かったら氏康さんに絵を贈りたいと言われているし、富士山の絵とか贈るのもいいかも。

「竹千代殿。無理をしていませんか？」

「はい。まだまだ歩けます」

それと今回の最年少は竹千代君だ。信長さんは竹千代君を気に入っていて連れてきたんだけど、まだ子供だしね。体調は気を付けてあげないと。

史実では関東に幕府を開いた竹千代君がこういう形で箱根に来るのは、歴史として考えると興味深いものがある。

ちなみに竹千代君には、お母さんの実家の水野家の家臣が付いていて、幼い竹千代君を補佐している。竹千代君の禄は銭だからあまり手間はかからないけど、松平宗家の体裁を考えると信頼出来る側近は必要だからね。

もう人質というより家臣扱いだ。信長さんと信秀さんは、ウチのやり方を見て人質の扱いを変えたんだ。

逃げたければ逃げればいい。軟禁しないから代わりにいるなら働け。一言で言えばそうなる。

ウチの忍び衆も家族を便宜上の人質にしているけど、みんな働いているし自由に出歩くからね。

尾張だと他国からは傀儡呼ばわりの義統さんですら自由に出歩くレベルだし。ただ、義統さんも評定には出るし、外交関係はちゃんと働いている。

先日にはメロンを献上したらお礼の書状が届いたくらいだ。太田さんが今でも義統さんのことを気にしているからね。信秀さんと信長さんに許可をもらってお酒やら食べ物を献上している。

ちょっと前には孤児院が見たいと牧場にも来たくらいだ。今は気ままに過ごすことを楽しんでいるみたい。些事は信秀さんに任せて『君臨すれども統治せず』の路線がいいと思う。

「ここも凄いですね」

箱根権現もまた立派な場所だった。北条家は寺社に手厚くしているね。多分、他宗を大事にして、一向宗を抑えたいとかいろいろ思惑もあるんだと思うけど。

もちろんここでも、銭の寄進と供物の目録と見本品を納める。さっきまで騒いでいたみんなもここでは真剣に祈っている。

オレも祈っておこうかな。エルたちと家中のみんなが平穏無事に生きられるように。

時には神頼みも悪くない。

side：メルティ

深夜に目が覚めた私は、眠れなくなり月明かりの中で少し絵を描くことにする。

「お上手でございますね」

「起こしちゃったかしら？」

「いえ、たまたま目が覚めまして」

司令もエルたちもみんな眠っている中、お清殿が起きてしまったわね。隣の部屋では家臣が寝ずの番を設けているけど、侍女たちは気にせず眠るようにしているのよ。

一緒にいて無言になると気になる人とならない人がいるけど、お清殿は無言でも気にならないタイプね。私の邪魔にならないように見ているわ。

「旅はどう？」

彼女にとって旅とはどんなものなのか、少し気になった。

若いのだし、楽しいというだけでいい。それが思い出となり経験となり糧となるには時が必要だもの。

「はい。世の広さを知ることが出来て、楽しゅうございます。ただ……、政がいかに難しいかも少しだけ理解出来た気が致します」

その答えはとてもいいわ。ケティは彼女には看護師が向いているからと教えているけど、人の心情を汲み取れるのならば、政治も出来そうな気もするわね。

無論、彼女にそんなことをさせる必要はないけれど。

「皆が争わず生きられる世にしたいわね」

ひとりの人として、この時代の人たちと向き合っていると願ってしまう。もう少しでいい。悲しみが少ない世の中にしたいと。

「それはとても難しいことではございせんか？　父は殿やお方様がたが荒れた世に苦しむのではと案じておりました」

「そうかもしれないわね。でも、私たちには八郎殿やお清殿がいるわ。きっと苦難も乗り越えられるはずよ」

「はい！」

みんな、ひとつひとつ経験して成長しているわね。頼もしいわ。

私たちにはこんなに頼もしい仲間がいる。それだけで幸せだと思うわ。

だからこそ、今の世を変える必要がある。必ずね。

side：久遠一馬

「これは絶景ですな」

箱根権現を参拝して一泊した翌日には、芦ノ湖まで来ている。元の世界だと観光地である芦ノ湖も、この時代では大自然の一部でしかない。

芦ノ湖から眺める富士山は絶景で、旅の疲れが吹き飛ぶほどのインパクトがある。

「せっかくですので、茶の湯でもいかがでしょうか？」

オレたちは湖畔で休息をとることにしたが、エルは周りから薪になる枝などを集めさせると野点の準備を始めていた。

荷物を運ぶ馬が何頭もいるのは理解していたけど、茶の湯の道具まで持ってきていたのは知らなかった。

「これは風情があってよろしゅうございますな」

「まことに」

文化人である政秀さん、信安さん、幻庵さんは、エルの粋な計らいを喜んでいる。個人的に茶の湯って嫌いじゃないけど、あの狭い部屋でやることはあまり好みじゃない。

信秀さんもどちらかと言えば、広い場所で茶の湯を楽しむほうが好きみたいだしね。オレもそっちのほうがいい。

文化にケチをつける気はないが、あまり史実の千利休の茶の湯を持て囃す気もない。まあ利休は利休で頑張ってほしいとは思うけど。殺伐とした時代に金満・権威・選民主義に走らないのなら、茶の湯は有効だからね。

ただ、利休は堺に根深く関係している人だから、オレたちとは敵対する可能性もある。現時点ではこちらからどうこうする必要はない人だろう。

メルティは慶次と共に芦ノ湖から見る富士山の絵を描き始めている。この旅路でも幾つか絵を描いているし、尾張に戻ったら仕上げるみたいだ。

「あそこに登ってみたいな」

「富士の山ですか。大変そうですね」

一方、信長さんはじっと富士山を眺めていて、独り言のように登りたいと言い出した。好奇心旺盛な信長さんらしいけど。この時代だと大変だろう。

「旅はよいな。見渡す限りに広がる海に、富士の山があれほど大きく見えるとは」

ああ、富士山に登りたそうな人がもうひとり。信光さんだ。

船は揺れるし、陸路は獣道のようなところをひたすら進むだけの過酷な旅なのに、すっかり旅好きになっちゃったよ。

政秀さんと幻庵さんと信安さんたちは、茶の湯を楽しみつつ和歌を詠み始めているし、みんなそれぞれに楽しんでいるね。

「いつか。天竺や南蛮に行ってみたいものだ」

「ああ。そうだな。そなたはまだ若いのだ。行けるかもしれぬな」

「叔父上こそ、機会があれば隠居してでも行くと言い出すのではないか？」

「もちろん。機会があればな」

信長さんと信光さんは天竺や南蛮に思いを馳せている。

史実でも織田信長の新し物好きはあったという逸話もあるし、こっちの信長さんは史実より南蛮を身近に感じるだけに本当に行きたいとか考えていそう。

でも、日ノ本統一よりそっちに興味を持たれるとさすがに困るな。もしそうなれば誰かが代わりに統一をするのだろうか。

無理だよね。日ノ本や天下を統一するには、武将の器や能力だけでは成し得ないものだ。特にこの時代に来てそう思う。

嘘か本当か奥州の伊達政宗が天下を望んでいたなんて逸話もあったけど、奥州からでは無理だろう。経済規模とか地理的に不利すぎる。それに鎌倉後期から室町初期の間で、文明が停滞した地域が覇権を望むのはちょっと難しいと思う。

武田と長尾くらいならまだ可能性はあるかな？　とはいえ武田と長尾も史実と同じ道を辿れば、足の引っ張り合いに忙しくなるしね。仮に京の都を押さえたとしても、史実の織田同様に今度は押さえた人を周りが邪魔し始めるだろう。

考えれば考えるほど畿内は魔境にしか思えない。誰がやっても血は流れるし、平和的な解決は難しいと思う。

足利家の室町幕府を再建しても、過去から続くしがらみと問題を完全に断ち切らないと、将軍が代替わりする時にまた混乱する。

そう考えると歴史って上手く出来ているよね。史実では織田家と豊臣家に徳川家の三家がそれぞれ頑張って、ようやく太平の世に導いたんだから。織田が既存体制を破壊し、豊臣が新たな体制を構築し、徳川がそれを定着させたとみることも出来る。


薬の方。北条氏康の側室のひとり。

生年や両親は不明。氏康の側室の侍女だったようで、氏康のお手付きとなり側室になった模様。

彼女に関して歴史に名が残ったのは、織田家の『天文関東道中記』に記されているからで、彼女の名前など不明である。

ただ、氏康も懐妊を喜んだとあり、彼女が側室になったと記されている。

『天文関東道中記』には、小田原を訪れた織田一行が箱根に足を運んだことが記されている。早雲寺や箱根権現に参拝したようで、温泉で旅の疲れを癒したとある。

また道中では、すでに各地に進出していた久遠家が使っていた靴を皆で履いていたようで、その履き心地に北条幻庵が驚いたという逸話も残っている。

久遠一馬と奥方たちは、尾張にはない温泉に大層喜んでいたと伝わる。

芦ノ湖と富士

絵師の方こと久遠メルティ作の西洋絵画である。

後に富士山が噴火をして形が変わる前の姿を残しているため、歴史的地学的な資料としても貴重な一枚となる。

製作時期は天文十七年の小田原訪問の時と思われる。

絵画から推測した写生場所に現在では同作のモニュメントがあり、当時の絵の写しと現在の姿を比較出来るようになっていて人気の観光スポットになっている。

同作のオリジナルは重要文化財に指定されていて、名古屋の久遠メルティ記念美術館に展示されている。

皇歴二七〇〇年・新説大日本史

第六章　鎌倉・岡本沖海戦

side：久遠一馬

小田原に戻ると南蛮船は見物人で賑わっていた。雷を呼ぶとか、おかしな噂になっていることもあって見物人が集まったみたいだね。

「まさかとは思ったけどね」

北条家と誼を深めることは上手くいっている。ただ、何事も予定外なことは起きる。安房の里見がウチの船を狙っていると、宇宙要塞の中央司令室から報告が入った。

北条家と敵対していて、北条の三浦水軍と争っている相手だ。

ウチの船を手に入れて、北条の面目も潰せば一石二鳥というのが狙いみたいだね。

「勝てば儲けものというところでしょう。負けたところで、この時代では一回の戦ですべてを失うわけでもありませんので」

急遽、人払いをしてエルたちと相談をする。エルからすると想定の範囲内のようだ。まあ試しに戦を仕掛けてみようという小競り合いなんて珍しくないからね。

「どうしようか。北条は気付いていないよね？」

「はい、現時点では気付いていないようです」

報告によると、里見は船がある小田原まで攻めてくるつもりらしい。北条は里見相手に後手に回って、かつては鎌倉を焼かれたこともあるはず。とはいえ小田原を攻めるのは少し無茶な気がしないでもないけど。

こちらはリーファと雪乃が常に船に残っているし、佐治水軍も相応の人員を残している。これに関しては里見対策というよりは北条対策になる。北条だって船を奪わないなんて確証はどこにもないんだ。

騙し討ちをされても、騙されたほうが愚かだと言われるだけだからね。

「船は大丈夫よ。ただ、その後をどうするかは考えておくべきだと思うわ」

船から上陸して話し合いに参加しているのは雪乃だ。彼女が言うように、問題は襲われた後だろう。仮に襲われたとしても、事前に察知しているので撃退は難しくないんだ。

「相手が分かっているのならば、報復をしないと駄目よ。北条が動かないなら私たちだけでも」

雪乃の言葉にしばし考え込むが、そこにメルティが珍しく強硬策とも言えることを口にした。

「だね。今後の船の安全を保障出来なくなるよ」

ジュリアも同意見か。

いっそのこと、こちらから挨拶の使者でも出すか？　いやそれをやると関東管領上杉家とか、他が挨拶に来ないと不満に思うかもしれない。今回はあくまでも西堂丸君と幻庵さんが尾張に来たことに対する返礼なんだ。

「雪乃、船は任せた。リーファと一緒に臨機応変に頼む。オレたちは襲われてからしか動けない」

「分かったわ」

報復は必要か。願わくば里見が自制してほしいけど、難しいだろうな。

「エル、ケティを往診に行かせて少し迂闊だったかな？」

「それは大丈夫でしょう。万が一の際には命を懸けてでも守ってくれます。そのくらいの覚悟が皆にはありますよ」

それと、この場にケティはいない。実は先ほどから小田原の町で往診に行っているんだ。

患者は主に北条家の家臣らしいけど、ケティの噂は関東にも届いているらしく、診てほしいとの要望が出ていたみたい。

里見の件はケティも承知のことだけど、ケティは往診を優先したんだ。エルが言うように、家臣たちには命懸けでオレたちを守れと資清さんが尾張を出る前に命じていた。

少し心配だが、小田原なら逃げるくらいは出来るはずだ。

むしろ、治療をやりすぎないように言ったけど大丈夫かな？　奇跡を起こす生き仏なんかにされると困るよね。

尾張でもこの時代では治療が難しい病を、ナノマシンでこっそり治療しているからなぁ。治っても自分はなにもしていないと言って、さらには祈禱のおかげだと言っている。

まあそれが通用しているし、おかげで寺社との関係もいいんだけどね。尾張では。

side：ケティ

今日も天気がいい。空気が澄んでいて高層ビルなんてない時代なだけに景色も良く見える。

私はそんな小田原の町を歩いている。北条左京大夫殿に頼まれて、北条家家臣の屋敷を訪れて病人の診察と治療をしている最中だ。

医療が未熟で祈禱により祈って回復を願う時代なだけに、藁にも縋る思いというのが本音だろう。

当然ながら救える命と救えない命がある。特に私に診てほしいという患者はすでに治療が難しい人がほとんどだった。

治療法どころか医学の知識すら乏しい時代。この時代の人たちも懸命に病を克服しようとしているけど、出来ることと出来ないことがある。私はナノマシン治療が出来るけど、それでも一度の治療では使える範囲に限度がある。それに不自然なほど急激に回復させるわけにもいかない。

この世界で生きていくには異端と思われてはいけない。それは肝に銘じていることだ。

あとは鎮痛剤と症状を緩和する薬を出すことくらいしか出来ない。

「おっ、おっ母を助けてください！」

自分の無力さに悔しさを噛みしめていると、ひとりの幼子が私の前で土下座をした。

「止めぬか。このお方はな……」

「構わない。案内して。頼まれたところは必ず行くから」

小田原の町人の子だろう。そこまで裕福には見えない。ただ、多くの護衛に囲まれた私に頼むのが命懸けだということは分かる年齢だと思う。

北条家の護衛が幼子を追い払おうとするが、私は前に出て彼を立ち上がらせると案内させる。

後で怒られるかもしれない。他国で勝手をすると織田家にも迷惑をかける。

でも……、私は助けたい。

side：望月千代女

ほんの少し前までは甲賀の里で変わらぬ暮らしを送っていた私が、まさか相模の小田原まで来ることになろうとは。明日どうなるかなど分からないものでございますね。

「慶次郎様」

今日はお清殿や護衛役の慶次郎様らと共に、ケティ様のお供として小田原の町に来ております。

ケティ様はいつの間にか薬師の方と巷で呼ばれておられます。

その噂は東国まで届き、小田原でもケティ様に診てほしいとの嘆願が多いようで、なんと左京大夫様から直々に診てやってほしいと頼まれたようでございます。

ただ、ケティ様の名が世に知れ渡るに従い、周りには不埒な者が現れます。当然ここ小田原でも。

「我が主に何用か？」

「大人しくついてきてもらおうか」

此度も予期せぬ民を診察しましたが、頼まれた往診も終わり日が傾く頃、人気のない通りで突如私たちは十人ほどの牢人どもに囲まれました。慶次郎様は面白いことが起きたと半ば嬉しそうに囲む牢人どもを見ております。

「慶次郎殿。ここは我らが……。斬り捨てろ！」

ただ、彼らの相手は慶次郎様でも私たちでもありません。北条家が遣わした護衛の者たちが相手になります。

その時でした。護衛の者が不覚を取ろうとした刹那、鉄砲の音が辺りに響き渡りました。

「油断めされるな。こやつらはそれなりに手練れだ」

小田原では鉄砲は珍しいのでしょう。まして牢人どもにはなにが起きたか分からなかったようです。一発の銃声が牢人どもを怯ませた隙に、護衛の者たちが一気に牢人どもを斬り捨てていきます。

「これはなかなか使えますな」

「射程は短いし、不発の時もあるから注意が必要」

突然の鉄砲の音には北条家の護衛の者たちも驚いたようですが、撃ったのは慶次郎様です。

短筒と殿はおっしゃっておられましたが。火縄を使わずに撃てる鉄砲のようで、しかも、短刀よりも小さい代物になります。

戦には不向きのようですが、持ち運びが楽なので隠し持つには良いでしょう。されど、このような鉄砲が出回ると、こちらもまた此度のような襲撃をされた時には警戒せねばなりませんが。

「私になにか用？」

「知らぬ！」

牢人どもが最後のひとりになると、ケティ様は護衛の者たちの前に出て牢人に声をかけられました。護衛の者たちは戸惑っておりますが障りはないでしょう。あまり知られておりませんが、ケティ様も実はお強いのですから。

「死ねぇぇぇぇ！」

無駄なことを。すでに刀もなく、脇差しで最後のひとりがケティ様に襲い掛かりますが、ケティ様は相手の腕を掴むと、そのまま捻るようにして取り押さえてしまわれます。

慌てる北条家の護衛の者たちを尻目に、当家の者たちは慣れておりますので驚きはありません。あれは久遠家に伝わる武術なのです。相手を殺さずに捕らえる技でジュリア様がよく兵に教えておられますから。

もちろん護衛としては、ケティ様を危うい立場にしたことは褒められたことではありませんが。しかし、ケティ様が自ら望まれる時はそれに従うのが久遠家の掟。

まあ、まことに危ういならば慶次郎様が止めたと思いますが。

「よく調べたほうがいい」

「はっ」

ケティ様が捕らえた牢人は北条家の護衛の者が連れて行きました。ここが尾張ならばこちらで詮議を行うのですが、小田原は北条家の領地ですので。

牢人どもを使った者の狙いは？　ケティ様の医術か、それとも織田と北条の誼を疎ましく思う者か。

気になることは少数で襲われたことでしょうか。なにか裏がなければいいのですが。

side：久遠一馬

「誠に申し訳ございませぬ。この責めは某の一命をもって負う所存」

「それには及びませんよ。ここで、しこりを残せば襲わせた者の思うつぼですから」

　箱根の旅の疲れを癒すように、少しエルの膝枕でのんびりと昼寝をしていたんだけど。また一騒動があったらしく起こされた。どうやらケティが襲われたらしい。

「されど……」

「勝手に手を出したのは慶次郎で、前に出たのはケティですから。皆様に落ち度はありません」

　こちらは誰も怪我をしなかったのだから気にしなくていい。護衛対象を守り切れなかったから腹を切るとか言われても困る。それより護衛の人たちに怪我はないのかな？

「私が勝手にやったこと。皆様には満足している」

　ケティは賊を生かしたまま捕らえたかったんだろうね。犯人の手掛かりでもと思ったんだろう。

「気にせずともよい。それより襲った者についてなにか分かったか？」

「はっ。いずこかの者に頼まれたようでございます。薬師の方様を生かしたまま小田原から連れ出して、少し離れたところにある海沿いの廃村に連れて行くつもりだったようで……」

　責任を感じてか簡単に引き下がらない護衛の武士だけど、見かねた信長さんが話を強引に進めて責任の件を終わらせた。

　信長さんに言われた以上は従わざるを得ないだろう。実際、責任感が強そうだし、信長さんの好きなタイプの武士かもしれない。後で、勝手に腹でも切らないように、幻庵さんにも一言伝えておいたほうがいいな。

「すぐに兵を差し向けましたが、もぬけの殻でございました」

「ふむ。ケティの医術を欲したか、織田と北条の邪魔をしたかったか。あるいはその両方か？」

「心当たりが多い故、いずれの者の命か特定するのは難しゅうございますな」

ケティが狙われたのは初めてじゃないんだよね。信長さんと政秀さんは相談しながら考えているが、犯人の特定は無理だろう。

北条も関東では敵が多いしね。古河公方はともかく、関東菅領の上杉とかなら安易なことをしそうな気もしないでもない。あとは里見もあり得るか。

side：エル

「そうですか。引き続きお願いします」

人払いをして宇宙要塞の中央司令室から通信機で報告を受けました。ケティを狙ったのは里見家でしたか。

人工衛星と虫型偵察機で私たちの身辺は警戒しています。ケティが狙われるなど想定の範囲内なのですから。

さらに里見家が私たちの船を狙うという情報もあり、監視を強化していたところです。

私はそのまま各所に指示を出します。船のほうは引き続きリーファと雪乃に任せましょう。人の目があるので動力などは使えませんが、相応の備えはしてあります。彼女たちなら大丈夫でしょう。

「動くのが早いわね」

「それもこの時代の特徴でしょう。目の付け所は悪くありませんね。イチかバチか船を手に入れてしまえば、得られるものはあると踏んだようです。こちらの戦力を過小評価していることもありますが」

メルティと少し相談をします。この時代の価値観で考えると、さほどおかしな行動ではありません。中途半端にケティを狙ったことは、こちらの警戒が厳しくなり迂闊に思えますが。

どちらにしても他では手に入らない南蛮船があるのならば、狙ってみるというのも選択肢のひとつです。見ているだけではなにも得られませんから。

もっともこちらとしては、当家の船を狙った者がどうなるか示す絶好の機会になります。

敵対するというのならば遠慮はしませんし、存分に利用させてもらいます。

織田と北条の友好と、関東における織田の力を示すための礎になってもらいましょう。

side：久遠一馬

翌日、オレたちは荷降ろしの終わった船で鎌倉に行くことにした。移動時間の節約とケティが狙われた件もあって、オレたちの護衛が厳重になることになったので、こちらから船での移動を提案したんだ。

ケティが襲われた件は北条家でも驚きだったようで、氏康さんが怒ったらしい。護衛に対してはこちらの言い分もあり納得してくれたが、小田原で襲われたことで面目が潰れたと考えたようだ。ただ、ケティと織田の評判はうなぎ登りだ。急遽、困っている領民の治療もしたようで、むしろ小田原の町衆のほうが狙った者たちに怒って犯人捜しをしている。

氏康さんにはあまりことを荒立てないようにと信長さんが頼んでいたけど、どうなるかね。

「ここが鎌倉か」

そんなオレたちだが、予定通り船で鎌倉に到着する。

小田原から鎌倉までは早かった。船から降りると、信長さんたちは鎌倉の町を見つめて感慨深げな表情をしている。

源平の合戦はこの時代から見ても過去の歴史ではあるが、比較的近世の歴史であり、かつて幕府があった鎌倉に来ることに感慨深いものがあるんだろう。

オレのイメージする元の世界の古都鎌倉とはやっぱり違うけどね。まだぎりぎり夏だし個人的には湘南の海で海水浴でもしたいところだ。

北条が鎌倉を押さえた影響は大きいんだろうね。かつては幕府があり古河公方のような関東公方も元々は鎌倉にいたと聞くし。

「おお！」

「なんと立派な……」

オレたちはその足で鶴岡八幡宮に来ていた。里見に焼き討ちにされて氏康さんが再建したばかりなので建物が新しくて立派だ。

ただ、ここに来てもオレたちは目立っている。特にエルたちがね。

そういえば大仏も確かあるよね。後で少し見に行けるかな？　この時代は確かもう建物がなくて雨晒しになっていたはずだけど。

鎌倉幕府。かつて源頼朝が開いたのは有名だろう。ただ、実は頼朝の直系は三代で途絶えているんだよね。あとは他所から招いた人を将軍にして、鎌倉時代にあったかつての北条家が執権として治めていた。

現状の室町幕府も受け継いでいることは多くある。将軍を傀儡にして天下を治めた先例は良くも悪くも伝統だろうか。

大陸みたいに王朝ごと消滅させないのは、島国特有の歴史と環境からと見るべきか。島国根性など元の世界では批判されていたけど、この時代に来てみると必ずしも悪いことばかりではないと思える。

「まさか、鎌倉まで来て鶴岡八幡宮を参拝出来るとは……」

織田家の皆さんもウチの家臣も寺社仏閣に来ると引き締まった表情になる。特に甲賀出身者や忍び衆は、一益さんを筆頭にみんな普段はあまり見せない表情をしているね。

資清さんが前に言っていたっけ。素破とか乱破と呼ばれ、武士にも足軽にも下に見られていたと。手柄を立てても評価もされず僅かな銭を貰って終わりだって。

武士にしても、立身出世など夢のまた夢。特に二男以降になると可能性はさらに低くなる。こうして武士として頼朝ゆかりの鶴岡八幡宮に参拝することは、彼らにとって大きな意味を持つのかもしれない。

鶴岡八幡宮にも銭の寄進と供物の目録と見本品を納める。内容は箱根権現と早雲寺と同じだ。

「それにしても噂に違わぬところだな。三方を山に囲まれておる」

「そうですな。頼朝公がここで政をしたことも、よく分かるというもの」

参拝と寄進などを一通り済ませると、鎌倉の町を少し散策してこの日の宿となる玉縄城に向かう。

信光さんと信安さんたちは鎌倉の町や地形を見て、かつての幕府に思いを馳せている。確かに守るには良さげな地形ではあるよね。守るだけならば……。

「されど鎌倉に閉じ籠って守るだけでは勝てまい」

「時勢も世情も違いますからね。今なら海から攻められると終わりでしょう」

信長さんはそんな鎌倉に少し否定的な感じだ。信長さんも籠城とか好きじゃないからなぁ。それに史実の鎌倉も、この時代以降は二度と政治の中心地にはならなかった。

学者じゃないので理屈は詳しくはないけど、山に囲まれた地形は不便なんだと思う。商業や流通が力を持つ時代に不便な鎌倉で政治をするのは厳しい気がする。

まあこの時代の少し前には鎌倉府があり、室町幕府の下で関東を治めるはずが騒動の原因にしかならなかったしね。

とはいえ中央と関東の対立構造は他人事じゃない。この先、織田家が日ノ本を統一した際に地方をいかに治めるかは難しい課題だ。

史実の江戸幕府のように重農主義はもっての外だし、大名を小分けにして自治させるのもいいとは思えない。少数の名君は生まれたが、大多数は借金を増やすだけの統治だったし。

こう言ってはなんだけど。国家は宗教に金を出すよりインフラの整備が先だよなぁ。人心の安定など宗教の存在意義が大きいのは理解するけど。

うーん。どうなるんだろうね。

side：里見義堯

「申し訳ございませぬ。しくじったようにございます」

「そうか。まあよい」

さすがに小田原で久遠の女を捕らえるのは無茶であったか。質さえ取ってしまえばこちらが有利になったのだがな。まあ牢人などあてにしておらぬので構わぬが。

「殿、黒船が鎌倉に行ったようでございます。鶴岡八幡宮に行くとかで支度をしておりました」

「好機ではございませぬか?」

ほう。鎌倉まで来るのか？　それは好都合。いずれにせよ、わしには挨拶に来ぬのであろう。先触れの使者がないのだ。

織田め。やはりわしを軽んじるか？

「戦支度は済んでおるな？」

「はっ！」

「伊勢の輩に肩入れしたこと、後悔させてくれようぞ！」

「ははっ!!」

面白うなってきた。南蛮船が手に入るかもしれんとは。伊勢めに恥をかかせて織田から南蛮との商いを奪ってくれるわ。

「ふふふ。今宵はよい月が見えておる。月が我らの進路を照らしてくれておるのだ！　これは天命による戦ぞ！」

「おー!!」

海も穏やかでちょうどよく月明かりが出ておるわ。夜の間に三崎城を抜けて鎌倉に行ってしまえばこっちのものだ。

河越で勝ったといい気になっておる氏康に、己の愚かさを思い知らせてやるわ。


「あれが南蛮船か。確かに大きいな」

「帆をたたみ動く様子はありませぬ。やはり伊勢めの領地ということで油断しておるのでしょう」

「織田の者はすべて討っても構わぬが、船を動かす者は残さねばならぬぞ。奴らを使い南蛮船を持ち帰るのだからな」

「ははっ！」

そろそろ夜が明ける頃だ。水軍を率いて鎌倉までやって来ると、噂の黒い南蛮船が見えた。

なんという大きさだ。あれだけの船を持つとは、それほどに南蛮との商いは儲かるのであろう。

守護代風情の織田や商人あがりの久遠には勿体ないわ。我が里見水軍が使うて関東を制してくれようぞ！

「よし！　皆の者、行くぞ！」

「おー」

しばし兵たちに休息を取らせ、いよいよ戦だ！

船を奪い、その足で鎌倉にて一暴れしてやるか。氏康の面目が丸潰れになるであろう。

伊勢など恐るるに足らぬわ!!

side：シグルドリーヴァ（リーファ）

宇宙要塞の中央司令室から、里見水軍がこちらに向かっていると通信が入った。

「関船一隻と、あとは小舟ばかり数十艘か。少し面倒な相手だな」

里見が事前に戦支度をしていたことは、こちらも掴んでいたので驚きはない。鎌倉に来たことで好機と思ったらしいね。これが自分たちの誘いだと気付かずに。

「雪乃、起きろ」

「……おはよう」

「戦だ」

自分と雪乃は常に交代で、どちらかが起きていることにしている。気持ち良さげに眠っている雪乃を起こすのは可哀想に思うが、致し方ない。恨むなら里見を恨んでくれたまえ。

「こちらの船はいいとして北条の水軍がどう動くか」

雪乃に白湯を入れてやり目を覚まさせる。

久遠家の四隻は当然としても、佐治水軍の六隻もこちらの命令を聞くようにと指揮権を一本化している。この点は織田の若様に感謝せねばなるまい。

懸念は周囲に護衛としている北条水軍だ。

「臨機応変にやるしかないわ。そもそも戦の仕方が違うもの。それと北条方から裏切りが出ることも最低限は警戒が必要よ」

火縄銃・弩・弓・焙烙玉。こちらの主要な武器は遠距離攻撃を基本としている。それは佐治水軍も同様のこと。こんな時のために、伊勢湾では佐治水軍との合同訓練をしていたと報告は受けている。

ただ、北条はこの時代の水軍そのもの。弓はあるのだろうが、向こうはこちらを守るべく前に出ていくだろう。遠距離攻撃だけでの決着は難しいか。

さらにこの船とキャラベル船には護衛の兵を織田も出すことになったので、織田の者たちも乗っている。目視出来るところに来るまでは自分たちも迂闊には動けない。

「面白いと言えば不謹慎かな」

明らかなオーバーテクノロジーは使えない。宇宙要塞のバックアップによる情報収集と海域の情報は得られるが、帆船での海戦。こんな戦いはギャラクシー・オブ・プラネットでもなかった。

少しワクワクする自分がいる。多くの兵の命が懸かっているというのに。

「それもひとつの事実だと思うわ。私たちは生きているのだから」

雪乃は少し困ったように笑いながらも理解してくれた。

決して戦が好きなわけではない。ただ、戦闘型アンドロイドとして創られた私は、戦うということが嫌いでもない。自ら戦を望むことはないが、挑まれた以上は限られた中であっても全力で応えようと思う。

「では関東の者たちに見せてやろう。久遠家の力をな」

里見義堯。相手にとって不足なし。自分は遠慮しないよ。

side：雪乃

夜明けまでもう少し。外はこれから戦が起こるとは思えないほど静まり返っているわ。リーファが先ほどまで少し感情を高ぶらせていたけど、それも落ち着いたようね。

司令たちにも報告は入ったものの、やはり動かないとのこと。

他に北条が奇襲に気付くようにと密かに動くことも考えたようだけど、こちらで対処出来る以上は私たちに任せてくれることになった。

関東での初めての戦。負けられないわね。

「報告！　東に所属不明の小舟を多数発見！」

見張りの者からの報告が入ったのは、夜が明けると同時。朝日を背にしての奇襲ね。なかなか侮れないわ。

「総員、起こせ！」

リーファの命令ですぐに戦闘態勢に移行し、各船に伝令も出す。この明るさなら手旗信号で十分よ。すでに見張り同士の連携で各船とも不審船の情報を共有しているので、動き出しは早い。

護衛として周囲を警戒している北条水軍も、こちらの様子から不審船を発見したようで慌ただしく動き出していて、陸からも船が出てくる。

「僚艦に伝達。射程距離に入り次第、交戦許可。ただし北条水軍の動きに注視せよ」

心配だった佐治水軍の船も大きな混乱はなく、動き出すべく錨を巻き上げ、帆を張っている。

ただし慣れない場所でもあるので、佐治水軍では海流を読み切れないでしょう。こちらから船の動きは指示を出す必要があるわ。

「やはり出てきたね」

「それが彼らの役目ですもの」

ただ、懸念のひとつは当たってしまった。北条水軍が敵と本艦の間に入っていく。こちらに被害が出れば北条家の面目が潰れる。致し方ないことだけど。

「ちっ、先に撃つべきだったかね」

私たちは守られる側よ。やり過ぎはよくないわ。ただ、敵は関船一隻と小早ばかりであるものの数十艘もいる。北条水軍は護衛だけではそこまでの数もなく多勢に無勢。リーファが先手を打ちたかったと言うのも無理のないことなのよね。

「佐治水軍に伝達、北条水軍の援護をせよ。こっちは横っ腹に砲弾をぶち込むよ！」

「了解、僚艦に伝達します」

訓練もしていない北条水軍の援護も難しいものだわ。とはいえそこは戦慣れしたこの時代の武士たちだもの。臨機応変にやるでしょう。

ただし、関船を叩くのは、私たちでやらねばならないわ。敵対した者を許しては駄目よ。

side：佐治水軍の船乗り

「北条水軍に当てるなよ！」

頭の声が響いた。南蛮船からの命により、オレらは北条水軍と共に怪しい舟と戦うんだ。

夜が明けたばかりだ。突然起こされてわけが分からねえが、敵が攻めてきたことだけは分かった。

鉄砲と弓と弩。武器は山ほどあるんだ。船に近付かれる前に敵を討つ。それがオレらの新しい戦だ。

北条の水軍も寝耳に水だったんだろう。慌てて出てくるせいか、まとまりもねえ。鉄砲を撃って敵を減らさねえと駄目だ！

「速え……」

北条の舟に当たらぬように戦っていると、誰かの声がした。

久遠様の南蛮船がすでに動き出していて、敵の側面に大砲を撃ったんだ。

敵は弓矢で応戦しようとしたようだが、凄まじい轟音と共に撃たれた大砲の玉が小舟に当たって木端微塵になると様子が変わる。

「今だ！　攻めるぞ！」

南蛮船の砲撃に味方の士気が一気に上がった。

「おおっ！」

さらに動く南蛮船に北条水軍も落ち着いてきた頃、南蛮船の大砲が今度は敵方に唯一ある関船に当たると、敵方は最早戦にならないと踏んだのか逃げ出していった。

「頭！　このまま一気に！」

「駄目だ！」

許せねえ。関東に縁もないオレらを狙った奴らが。皆、そのまま逃げる敵を討とうというものの、頭は苦渋の顔で船を止めるように命じた。

「なんでだ！」

納得がいかねえ奴が声を上げるが、よく見ると南蛮船からの命だ。逆らうわけにはいかねえ。

「ここはオレらの海じゃねえからな」

頭のつぶやきに皆が悔しそうにしながらも、オレらの戦は終わった。

side：久遠一馬

「殿！　当家の船がいずこかの者に襲われたようでございます！」

北条綱成さんと玉縄衆の皆さんに歓迎されて宴に参加した翌朝。玉縄城が慌ただしくなった。一益さんが何事かと聞きに行くと、珍しく慌てた様子で戻ってきて報告をしてくれる。

「詳細は？」

「はっ、幸いなことに、敵に先んじて見張りの者が気付いたようで、退けたとのこと。船は損傷もなく大事ないとのことでございます。襲ってきた者は安房の里見と思われると……」

リーファと雪乃もそうだけど、佐治水軍のみんなも無事だという結果にホッとする。

すぐに太郎左衛門さんが主だった者を連れて、確認のために船に向かう。オレは信長さんたちと相談をするべく信長さんの部屋に向かう。

「安房の里見か」

北条に関する関東の情勢は事前に調べたし、幻庵さんに聞いてもいる。里見のこともまったく知らないわけではないようだが、信長さんたちにとっては寝耳に水の襲撃だったようだ。

「いかがする？　このまま帰れば勝ったと言われるやもしれぬぞ」

単刀直入に今後のことを口にしたのは信光さんだ。やはり戦上手というのは確からしい。

「それはそうであるが……」

「されど退き際を見極めねば、北条とていずこまで信じてよいのか。背後で通じておれば我らは不利となる」

信長さんもこのまま逃げるように退くことには抵抗がある様子だ。ただ信安さんは状況があまりに自分たちに不利であることを悟ってか渋い表情をしており、素直に報復することがいいのかと疑問を口にした。

「かず、いかがする？　海の戦はオレには分からん」

「やりましょう。ただしこちらは船の戦以上は出来ませんが。あとは北条次第かと」

オレは主君である信長さんの決定には逆らえない。ただし、信長さんならこちらの意見を求めてくれるという確信があった。

「良かろう。爺、北条殿に我らは支度が出来次第、出ると伝えろ」

「はっ」

佐治さんも含めて主だった皆さんの顔を見た信長さんは決断をした。懸念はあるものの、大きな反対意見はない。

やはり襲われて逃げ帰るということは、武士としてよろしくないんだろう。オレも今後のことを考えるとウチの船に手を出した相手を許す気はないけど。

side：北条幻庵

「おのれ！　里見め！」

激高する者らを眺めながら思案する。里見に織田の船を襲われるとは、北条の面目が丸潰れではないか。いや、これが我らの謀と思われると織田が敵となることもあり得る。

すぐに水軍を出して里見を叩くべしと騒ぐ者もおるが、織田はこの件をいかがするであろうか。それを問わねばなるまい。

「敵が里見と確たる証拠があらば、我らは討って出まする」

「なんと！」

我らの話がまとまる前に平手殿が来られた。まさかよう知らぬはずの関東の海で里見を攻める気か？　いかに南蛮船があろうとも数が十隻であろう。

今朝は退けたようだが、そこまで余力があるのか？　それとも我らが動かねばならぬ立場にあると理解しておるのか？

「ならばここは我らも出ましょうぞ！」

三郎殿と久遠殿にしては安易に思える動きに思案しておると、ここ玉縄城の孫九郎綱成が即応じた。相も変わらずの男よ。されどそれしかないのも事実か。

少し性急な気もするが、勝算があるのであろうか？　退き際さえ間違えねば懸念はあるまいが。

side：シグルドリーヴァ（リーファ）

里見による早朝の奇襲から始まった戦はこちらの勝利と言えるだろうね。こちらは敵の小早一艘と関船一隻を大砲で沈めた。小早は挨拶代わりの一撃が当たった、おまけみたいなもんだけどね。

初めて見た大砲とその威力に、敵は総崩れと言えるほどあっという間に撤退していった。

「ご無事でなによりでございます」

「よく鍛えたね。家臣も忍び衆もなかなか良かったよ」

すぐに玉縄城から駆けつけてきた望月太郎左衛門殿は、船も自分たちも無事なことに安堵している様子だ。

課題もあったけど、収穫もあった。忍び衆や織田家の武士が思った以上に頑張ってくれた。慣れない船での突然の実戦だと思うと、十二分に評価したいね。

「北条方が通じておった懸念もありまするが……、いかがでございまするか？」

「警護の水軍は知らなかったと見るべきだろうね」

太郎左衛門殿は人払いを頼むとほんの僅かな可能性を口にした。信じたいけど、疑う必要もある。この船にはその価値があると知っているか。なかなか優秀じゃないのさ。

「左様でございまするか」

「武威は示した。もし北条が背後でなにか企んでいても、これ以上は動かないだろうね」

今朝の奇襲で北条水軍は多少の追撃をしたようだが、あまり成果がなかった。まあ仕方ないね。水軍も織田の警護が主任務だ。追撃に割ける船は多くなかった。どこかに伏兵でもいたら、それこそ大問題になる。

「明日か明後日にはこっちから討って出るだろうからね。皆を少し休ませておくように頼むよ」

「このまま戻れませぬか」

「そうだね。ウチの船を襲っても大丈夫だと思われると困る。北条が動くかは知らないけどね」

「畏まりましてございます」

あとは太郎左衛門殿と雪乃に任せて、自分も少し休むことにする。里見が再度奇襲を仕掛けてくる可能性はほぼない。とはいえ休める時に休むのが上策なのは変わらないからね。

side：久遠一馬

玉縄城では相変わらず騒ぎになっている。突然の奇襲も撃退して被害も軽微だ。織田側は皆無と言ってもいい。とはいえ、北条としては面目が丸潰れになった。

「申し訳ございませぬ」

政秀さんが戻ると、すぐに幻庵さんがやってきて謝罪してくれた。

「今の世ではようあること。まして南蛮船は関東では見たことのない船でございましょう。北条のおかげで大事にならずに済みました」

信長さんは幻庵さんの謝罪を受け入れたばかりか、務めて明るく振る舞うことで問題ないと態度で示した。

北条が謀ったのではと疑われていることくらい、幻庵さんなら承知のことだろう。とはいえ、この場で問題にしてもオレたちになんの得もない。

「こちらの支度は今日中に済みまする。明日には討って出られるがいかが致しましょうか」

幻庵さんはそんな信長さんに再度頭を下げると、すぐに実務的な話に移った。疑念は行動で晴らす。そういうことだろう。

「かず。海の戦は一切任せる。オレも叔父上も海での戦は分からぬからな」

さてどうしようかなと考えていると、信長さんに判断を丸投げにされた。信光さんも信安さんも異論はないらしい。まあ、反撃に出るべきだと言ったのはオレだし、この場で他に海戦が分かるのは佐治さんくらいだから順当だろうけど。

「そうですね。では明日攻めることとして話をしましょうか」

ウチの船と佐治水軍だけなら話が早いんだけど、北条水軍も出るとなると根本的な意見交換から必要になる。船足も違うし、戦のやり方も違う。最低限役割を決めておかないと混乱するだろう。

ちらりと佐治さんを見ると苦笑いを浮かべていた。言うのは簡単だが、形にするのは大変なんだよね。しかも今日一日で。

佐治水軍のみんなの苦労は、オレも何度か見ているので知っているつもりだ。

side：織田信光

らしくない。そう見えたのだろう。幾人かの者が驚いておる。

確かに一馬は戦など好まぬ男。放っておくと争いすら避けたがる。されどわしは、此度は一馬が動くと確信があった。

自ら戦を望む男ではない。されど己の船が狙われて大人しゅう逃げ帰るほど一馬は甘くはないのだ。己のためではない。己の民や家臣がこの先安易に狙われることを嫌う故にだ。

「叔父上、前に出る気か？」

「駄目か？」

明日の戦の前に少し鍛練をしておると、わしの考えを読んだ三郎に声をかけられた。

「ジュリアも出ような。済まぬが頼む」

「ああ、分かっておる」

味方だけの戦ならば槍など不要であろう。されど北条方も出るのならば我らも槍働きで武威を示す必要がある。三郎は少し悩むようだがな。

「孫三郎様、出るのかい？」

「織田や久遠が大砲や鉄砲でなくば戦えぬと言われれば困ろう」

考えることは同じとみえる。三郎の言うた通りにジュリアが鍛練に出てくると、互いに顔を見合わせてニヤリと笑みを浮かべた。

「そんな身分じゃないだろうに」

「後ろにおるのは性に合わん」

前に出る必要がない身分か。それはわしもジュリアも同じであろう。されど、守られるだけの戦など性に合わぬ。

side：里見義堯

「はあ……はあ……はあ……」

　何故、何故このようなことに。いかになっておるのだ？　わしの船が、雷のような轟音によって沈められてしまった。

「殿。あの妙な音は鉄砲の類いかと存じます」

「鉄砲だと!?　あのような高価なうえに役に立たぬものを……」

なんとか退くことが出来た。まことに鉄砲を使うておったのか？
以前、商人が上方で買い付けたという鉄砲を献上してきたが、高価なうえに玉と玉薬がなくば、無用の長物になるものぞ。それを数は十や二十ではなかった。
妙な音がしたかと思えば、矢も飛んでこぬというのに次々と人が倒れたことで、兵らは混乱して戦どころではなかった。

　さらにわけの分からぬうちにわしの関船が沈められてしまった。まさか、あれが雷を呼ぶという金色砲か？

「いかがなさいまするか？」

「すぐに備えよ！　攻めて来るぞ！」

「されど……」

「あのようなもの、そう幾度も撃てるものではないわ！　安房の海でならば勝てるわ！」

北条も織田もこのままではおるまい。こちらから攻めたのだ。北条の面目を潰し、織田を敵に回した。攻めて来ぬはずがないのだ。

　されど敵地であった鎌倉とは違う。わしの海で同じように戦えると思うなよ！

side：久遠一馬

「向こうもやる気なのか」

　安房南部にある岡本城は里見水軍の拠点だ。織田と北条の連合水軍はここに狙いを定めて来たのだが、前方にはすでに里見水軍の小舟が待ち構えていた。

　夜襲や早朝の奇襲は避けた。織田と北条の水軍の連携が出来ないことが原因だ。それに夜間に慣れない海域を走るのは難易度が高いんだ。

「縁も由縁もない織田に先触れもなく戦を仕掛けたのだ。このまま済むとは思うておるまい」

　信長さんを筆頭に織田家の皆さんもやる気だ。ウチだけじゃないんだよね。織田も北条もこのままでは引き下がれない。

「北条方とは上手くやれるので？」

「まあ同士討ちをしないくらいは……」

　信安さんは敵よりも北条を気にしている。さすがに裏切るとまでは思っていないようだけど、そもそも遠距離攻撃が主体の織田と、伝統的な海戦をする北条では果たして連合を組むことがいいのかオレも少し疑問があるくらいだ。

「叔父上とジュリアがなんとかするであろう」

ただ、織田は北条から小早を借りていて、織田からも前に出る人がいる。信光さんとジュリアたちだ。他にも森可成さんとか若い志願者はそっちに回った。ウチからは一益さんと慶次たちがジュリアの護衛もあって前に出ることになる。

信長さんが許しちゃったんだよね。織田としても鉄砲や大砲以外で武勇を示しておかないと舐められると言っていた、信光さんの意見はもっともなんだろう。

オレからすると、ここでリスクを背負う必要があるのか少し悩むけど、反対するほどの立場でもない。信長さんが言うように信光さんやジュリアが上手くやるだろう。

「リーファ、雪乃。船は頼むよ」

全体の作戦はそう難しいことは出来ない。こちらは射程に入り次第攻撃をするが、あとは北条水軍が主体となって攻めることになるので大砲は使えても最初だけだ。

織田水軍の差配はリーファに任せる。信長さんからはオレが任されているけど、海流や風を読みつつ、敵味方の動きを見極め指揮するなんて出来ない。エルとも相談したが、帆船は難しいので慣れているリーファたちが適任だそうだ。


「敵、射程に入ります！」

「若様、よろしいですか？」

「ああ、存分にやれ」

目視出来る距離にいる敵の船が大砲の射程に入った。大将は信長さんだけど、采を振るう気はやはりないらしい。最終確認をしてリーファに命令を下す。

「さあ、やるよ！」

「おう！」

手旗信号で各船と連携しつつ、陣形を維持して大砲を撃つタイミングを計る。

信長さんも含めて手の空いている者は弓や鉄砲を持っていて、ガレオン船は乱戦になっても遠距離で戦うことになる。

「竹千代殿、大丈夫ですか？　無理をしてはいけませんよ」

「鉄砲は鍛練を積んでおります！　お任せください！」

ああ、史実の天下人である松平竹千代君。彼は元服もしておらず初陣も済ませていないのに、戦に巻き込んでしまったな。

本人はやる気だし、ガレオン船は大きさが違うので小早から乗り込まれることはないから大丈夫だろうけど。

「玉は榴弾だよ。目標、敵船団！」

リーファの指示にバイオロイドの船乗りが動く。

「榴弾装填！」

「撃て!!」

最後の命令はオレがする。火縄銃の数倍はあろう轟音と共に大砲が火を吹く。今回使用したのは時代相応にグレードダウンしたものの榴弾だ。

　原理は花火に近いと言えば分かりやすいか。砲弾の内部に火薬を入れて目標の近くで爆発または着弾の衝撃で爆発させることで、爆風と砲弾の破片で目標周囲を破壊する代物だ。欠点は決まった距離までの目標にしか使えない。

　貫通破壊力は落ちるが大砲の備えなどない木造船が相手では十分だ。ウチでも通常はガレオン船にしか常備されていない。今回は海戦の可能性も考慮してキャラベル船にも搭載して来たけど。この時代なら戦略級兵器になるだろう。

「おお！」

　大砲が着弾すると味方から声が上がった。大砲の威力と成果よりも、味方の士気を上げる効果のほうが大きいんじゃないだろうか。

「敵、被害甚大！」

　もちろん榴弾の威力も凄い。多数の船を沈めるほどではないものの、敵は屋根もない小舟で待ち構えていたことが仇となった。戦意を挫き、戦えない程度の負傷をさせれば十分なんだ。

「大砲の次弾は不要ですね。北条方が待ちきれないようです」

　エルの報告に少し困った顔をしてしまったかもしれない。あと数回ほど撃てばそれだけで勝てそうな気もするけど、味方である北条水軍が好機だと前に出ていく。これぱかりは仕方ない。北条水軍の指揮権はこちらにはない。オレたちに先手を任せてくれたことで良しとするべきだろう。

「全船に通達！　これより北条水軍の援護に回るよ！」

リーファの指示に信長さんは少し残念そうな顔をした。一方的に攻撃出来る以上、もう少し攻撃したいのは同じか。

そんな信長さんにこれからやるべきことを教える。北条水軍の動きと風や海流次第になるが、遠距離主体の攻撃で援護することになる。

「鉄砲、弓。存分に撃っていただいて構いませんよ。船は止められませんが」

「そうか。このまま見ていて終わると思うてしまったわ」

オレもエルもケティも鉄砲で戦う。守るためには戦うしかないんだ。

side：滝川一益

凄まじい。その一言に尽きる。外から見た御家の船と大砲は、これほど凄まじいものであったのか。まず船の大きさが違う。乗り込むことも出来ぬほど大きな船から、近付く前に大砲で撃たれてはいかんとも出来まい。

榴弾。御家が秘する大砲の弾だ。広く痛手を与えるもの。わしも戦で使うたのは初めて見るが、なんと恐ろしい武器だ。

「さあ、こっちも行くよ！　褒美は思いのままだからね。他の舟に負けるんじゃないよ！」

「おおっ！」

大砲の一撃で陣形が崩れ、戸惑うておる様子の敵を見逃す北条水軍ではない。一気に前に出ていくと、ジュリア様が我らの乗船しておる小早の漕ぎ手に命じた。

漕ぎ手は北条水軍の者らだ。我らを乗せていかにすればよいかと、少し迷うておったのをジュリア様は見逃さなかった。

慣れぬ海のはずが、ジュリア様の命により舟は前へ前へと出ていく。潮の流れも読まれておるようだ。

「無理しなくていいからね。アタシなら大丈夫だよ」

こちらの舟が近寄ると敵は弓を射てくるが、ジュリア様は弓などものともせずに敵の小早に、いの一番に乗り込んでしまわれた。

くっ、なんたる不覚！　こちらの舟と敵の舟がぶつかり揺れる中、続くことが出来たのは慶次郎だけであった。

「慶次郎！　お方様をひとりにするでないぞ！」

「心得ておりますとも！」

わしを含めて皆、舟での戦のためにと海で鍛練をしておったというのに。なんたることだ！

side：ジュリア

潮の香りと風の音、そんな自然を覆いつくすような罵声に気を引き締める。

これがこの時代の海戦なんだね。

司令は最後まで心配していた。これはゲームじゃない。命のやり取りをする戦場なんだと思えば当然だろう。でもね。アタシは誰かに守られるだけの人生なんて望まない。

戦争が好きなわけじゃないけど、避けられない戦いならば全力を尽くす。守られるのではなく、守るために。それだけなんだ。

「アタシはジュリア。久遠ジュリア。死にたくない奴は海に飛び込みな」

舟の動きと海流を見極め、敵の舟に飛び乗った。敵の雑兵はアタシを見て驚いているのが分かる。敵は討つのが戦場の定め。いち早く反応した武士に薙刀を振るい、舟から叩き落とす。

驚いていただけの雑兵がアタシに刃を向けてくる。戦場では女だと容赦する者なんていない。アタシも倒せる相手を遠慮なく倒していく。

ただ、さすがに戦に慣れた時代だ。アタシの背後に回った雑兵がいた。薙刀を返す時間はない。蹴りをぶちかましてやろうかと思った瞬間、朱槍が雑兵を貫いた。

「里見の兵はこんなものか？　弱すぎてあくびが出るわ」

誰かと思えば、アタシに続いて舟に飛び乗ってきた慶次だ。上手いね。戦場で敵を挑発するとは。武芸の腕もあるし朱槍なんて与えたもんだから、いい意味で調子に乗ったよ。

「慶次郎、次行くよ」

「はっ、お供致しまする」

背後を気にしなくていいとなると一気に楽になる。アタシと慶次は瞬く間に敵を倒すと、次の舟に飛び乗った。

戦場において個人の武勇が戦況を左右することは、時代が進むと難しくなる。でもこの時代なら別だよ。

「おっ、鬼だ。まことの鬼だ……」

「早く逃げないと、食っちまうよ？」

混乱は混乱を呼び、恐怖は伝染する。小早で固まって陣形を組んでいたせいで、アタシと慶次が次から次へと敵の舟に飛び乗るたびに敵はまともに戦えなくなる。

誰かが鬼だと恐れて自ら海に飛び込むと、雑兵の戦意なんてあるはずもない。

この戦、もらったね。

side：滝川慶次郎

見事だ。そうとしか言いようがない。次から次へと敵の舟に飛び乗ると、おひとりで易々と制していくのだ。所詮は女とオレのふたりだけ。そう甘く考える者を叩きのめしていくと、敵はジュリア様を鬼だと恐れてしまった。最早まともに陣形も組めぬほど慌てておる。

それでも敵は立て直そうとしておるが、北条水軍が続いてくる。さらに南蛮船からは鉄砲や弓が雨あられと降ってくるのだ。これではいかんともしようがあるまい。

「ゆくぞ！　我らも続くのだ！」

オレとジュリア様は少しばかり前に出過ぎたが、そこに自ら兵を率いた北条孫九郎殿が駆けつけ

てくれた。これで形勢は決まったな。

「やはり海の戦は久遠に勝てぬか。手柄を立て損ねたわ」

続いて幾つかの舟を制した孫三郎様が駆けつけてくれるが、すでに大勢は決まっており里見方は逃げだしておる。手柄を立て損ねたというわりに孫三郎様は楽しげだな。

「アタシたちの戦は終わりだね」

「ああ、あとは北条に任せればよかろう」

あちこちで勝鬨の声がする。ジュリア様も孫三郎様も逃げる敵を追う気はないようだ。これほど大勝するとはな。

これが海の戦というものか。

side：里見義堯

「鬼だ……、鬼がおった」

誰かがそう口にすると震えておる者すらおる。総崩れと言うても過言ではない中で、まともに退くことも出来ずに供の者も半数ほどおらぬ。皆、上手く退いたであろうか。

「雷様がお怒りなんだ」

凄まじい轟音と共に数多の兵が傷付き舟が沈んだ。たった一度の轟音でだ。あり得るのか？

あまりのことに手を合わせて神仏に許しを請う者まで出始める。

「鬼が攻めて来る。鬼が攻めてくる……」

震える者のつぶやきに思い出す。あの赤い髪をした鬼はまことの鬼か？　伊勢の輩はまことの鬼と組んだのか？　鬼を恐れるあまり乱心しそうな者までおるわ。

「殿……、いかがなさいまするか？」

「ひとまず城に戻る！　攻めて来られるものならば来るがいい！　籠城してやるわ！」

わしは負けぬ。伊勢の輩には負けられぬのだ。たとえ相手が鬼だとしても。

ひとまず城に戻り、籠城して機を窺う。許さぬ。許さぬぞ‼

伊勢の輩にだけは、いかんとしても頭など下げぬ！

side：久遠一馬

海戦は勝利した。負ける要素がほとんどなかったとはいえ、味方の被害は軽微で敵は壊滅。完勝と言っていいだろう。

ただひとつ。里見義堯を逃がしてしまったことにみんなは残念そうだけど。まあオレたちとしては義堯の首はどうでも良かった。

仮に義堯を討ち取っても北条の領地になるだけだからね。ジュリアにも、義堯はなるべく逃がすようにと密かに言っていたんだ。

北条はこの時代にしては信頼出来る相手だけど、北条による関東支配があまり早くに進むと、こちらに不利益がある可能性もある。

北条としても急だったこともあり水軍しか来ておらず、深入りせずに湊にあったものを略奪するなりして終わったようだ。

「あそこか」

「城もあるみたいですけどね。放置で。北条でもそこまで攻める気はないようなので」

そして勝ち戦で士気が上がる織田・北条連合軍は、そのまま休息を挟んで佐貫八幡に来ている。

目的はこの辺りの要所である湊への襲撃だ。

信長さんは湊を見て気を引き締めているようだ。

水軍を叩いた程度で里見を滅ぼせるのならば苦労はない。とはいえ史実にはない敗北だ。里見にとっては、大敗だろう。今後、どうなるんだろうね。

「大砲用意。目標は湊の建物です。舟には当てぬように」

連合側の船団は織田の十隻に北条の三浦水軍から関船が三隻と小早が三十艘ほど来ている。三浦水軍は先ほどの海戦で拿捕した舟や捕虜の処置があるからちょっと少ない。それでも向こうは上陸する気らしいけどね。

「撃て！」

細かい指揮はリーファに任せつつも、命令はオレが下す。

湊に人はいない。こちらの船団が見えた段階で城かどっかに避難したんだろう。オレとしてはそのほうがやりやすいけどね。やはり人に向けて大砲を撃つのはまだ抵抗感がある。

好き勝手やっておいて今更だけど。オレにも守らなきゃならない人が増えたんだ。中途半端な甘さは、そんな人たちを危険に晒すことになる。

「おお！　やはり大砲はよいな！」

「幾度見ても恐ろしい……」

火縄銃の数倍はあろう轟音と共に大砲が火を吹く。今回使用した弾は、先ほどの海戦でも使用した榴弾だ。

信光さんと若い武士はその威力に歓声を上げたが、信安さんだけは少し微妙な表情をした。恐らく弾正忠家に臣従しなかった場合の未来でも想像したんだろう。

「次弾装填完了したわ」

「撃て！」

雪乃の報告に再度砲撃の命令を下す。里見方の水軍とか現地の武士が出てくるかと少し警戒していたけど出てくる気配はない。

「誰も出てきませんね」

「籠城するのであろう。舟も少ない」

大砲の轟音と共に破壊されていく湊に味方は喜んでいる。でも、そろそろ誰か反撃に出てきてもいいと思うんだが。

オレのそんな独り言のようなつぶやきに、信長さんは出て来られないのではと口にするが、政秀さんは少し困惑した顔をしている。

「一馬殿は大砲に慣れておられるが故に気付かぬようじゃが、端から見れば得体の知れぬ武器。いかに勇猛な武士といえど恐れて出てこられぬでしょうな」

大砲で粗方破壊すると北条の三浦水軍の皆さんが上陸していく。奪えるものはすべて奪うらしい。湊に残る舟も頂くようだ。

里見水軍もやっていることであり、それがこの時代の戦になる。

「勿体ない気もしますな。いっそ城も落としてしまえば……」

「尾張から離れすぎておるからな。北条にくれてやるには惜しいが我らで治めるのは難しかろう。久遠殿ならば出来るやもしれませぬが」

「ウチも厳しいですよ」

ああ、若い武士にはこのまま里見の領地を切り取りたいと考える人もいるらしい。織田側はさっきの海戦で幸いなことに死者すらいないからね。

ただ、佐治さんがそれを否定した。こんな離れた領地なんて面倒しかないからな。

「我らがここを奪えば北条とて面白うあるまい。このくらいが退き時だ」

佐治さんに同調するように、そんな若い武士を嗜めたのは信光さんだ。

そう。出来るか出来ないかではない。一部とはいえ現状で織田が関東に領地を持つと、北条も面白くないだろう。やはり戦の経験は信光さんが上だね。史実でも織田信長に味方したことといい戦略的な見方が出来る人なんだろう。

その後は勝山城や金谷城など同様の水軍の拠点を襲撃し、湊を破壊して、オレたちは引き揚げることになった。

　ここまで来ると報復攻撃ではあるが、もはや演習状態であり、特に戦闘は発生しなかった。信長さんは織田側の上陸を禁止したので問題も起きなかったし、満点だろう。

　下手に乱取りに参加して北条方と揉めたくなかったんだよね。政秀さんがここは上陸をしないほうがいいと進言して受け入れていた。

　代わりと言ってはなんだけど、みんなには金色酒を少し振る舞った。個別の恩賞は尾張に戻ってからになる。

　無論、北条からはなにかしらのお詫びがあるはず。もともと里見の襲撃を阻止出来なかった北条にも落ち度があるからね。なにをもって謝罪とするかで、北条を見極める試金石になるだろう。

鎌倉・岡本沖海戦

この戦いは里見義堯が南蛮船を奪おうと仕掛けた海戦である。

『天文関東道中記』には、小田原で薬師の方こと久遠ケティが襲撃されたのも里見の仕業だと断定しているが、その根拠は義堯が鎌倉沖に襲撃に来た際に捕らえた捕虜の証言のみであり、これに関しては織田か北条の謀略説もある。

　とはいえ義堯が兵を率いて鎌倉沖まで襲撃に来たことは確かで、どうやら義堯は南蛮船の力をほとんど知らなかったと伝わる。

翌日に織田と北条による報復として行われた岡本沖海戦では、今巴の方こと久遠ジュリアが兵を率いて前線に出たことで、彼女を鬼と誤解して恐れ、さらに鉄砲による死傷を鬼の仕業だと誤解したことで里見水軍は総崩れとなり、ろくな攻撃も出来ずに文字どおり壊滅している。

義堯自身でさえ家臣から鉄砲だと聞いた後も鬼の仕業だと疑っていたと伝わっていて、その後の里見家に重大な影響を与えたのは確かである。

海戦の様子は『天文関東道中記』に細かく記されていて、実質的には織田水軍による戦いだった。

同年にあった服部水軍討伐に続き、里見水軍の壊滅で織田水軍は伊勢湾から関東に至るまでその力をはっきりと示していて、この後に開かれた尾張と関東の航路による交易を実質的に支配出来た理由と言われている。

なお、本海戦では海神の方こと久遠シグルドリーヴァと六花の方こと久遠雪乃がガレオン船の指揮をしていたことでも知られている。陣形などについて策を講じたのは大智の方こと久遠エルだという話もあり、彼女たちの卓越した指揮には北条水軍ですら驚いたとの逸話もある。

今巴の方こと久遠ジュリアには様々な通称や異名があったが、そのひとつである狂鬼の戦人と言われたのは、天文十七年の岡本沖海戦に由来するというのが通説である。

真っ赤な鎧を身に纏いブラウンヘアを靡かせる彼女の姿に、里見水軍の者は鬼だと恐れ逃げ出したのが原因とされている。

当時の関東には南蛮人が来訪しておらず、里見家の者たちは南蛮人を見たことがなかったと思われる。

ただ、舟から舟へと飛び移る彼女の姿に北条綱成はまるで源義経のようだと讃えたともあり、敵味方でまるで違う評価をされている。

今巴の方という通称も北条綱成がその姿から呼んだのだという説もあり、この戦が戦国最強の女と言われる由縁のひとつになっている。

皇歴二七〇〇年・新説大日本史

第七章　関東との別れ

side：里見義堯

「やはり……鬼の仕業か？」

伊勢めと織田は湊と水軍の拠点を荒らしていきおった。驚いたのはその跡であろう。

まるで鬼の力で暴れたように湊は荒らされておる。建屋は人の手でやったとは思えぬほど打ち壊され、地に大きな穴が空き、信じられぬほど壊された。

「舟はすべて持っていかれましたな」

付近の者は見たこともない黒い船に逃げ出しておる。その者らは鬼が雷を呼んだと言う者もおれば、怒り響くほどの奇声を叫んでおったと言う者もおって今も怯えておる。

伊勢めは鬼と組んだのだと噂が広がっておるようで、わしもその話が嘘とは思えぬところがある。

「殿。雷の正体は、やはり噂に聞く織田の金色砲かと思われまする。あれは雷を呼ぶと評判でございますので……」

　くだらん与太話で自家を大きく見せる者は少なくない。野盗がいつの間にか土地を占拠して、北条の名を騙るたわけ者すら関東にはおるのだ。

出来るはずがないと一笑に付したが、まさかまことのことであったのか？　織田は鬼を従え鬼の武器を使うのか？

「いかがされまするか？」

　いかがすればよい？　今川や上杉に古河公方には引き分けたと使者を出したが、すぐに出てくることはあり得まい。

　こちらは漁師の舟まで持ち去られたうえに、湊にあった僅かな食い物もすべて持っていかれた。

「殿。ここは和睦をされては？」

「然り。伊勢の狙いは我らではない。上杉だ。その邪魔さえしなければ……」

　誰もが戦の前のような威勢はなく、和睦を口にする者すらおるとは。

「和睦はせぬ。今更、伊勢の輩になど頭を下げられるか！」

「されど、このままでは家中からも寝返る者が出てもおかしゅうありませぬ」

「舟を急ぎ造るのだ！」

　伊勢との和睦だけはせぬ。里見の名に懸けても。攻めてくるのならば安房に引き込み、最後まで戦うてくれるわ。

　わしは愚かな上杉や古河公方とは違うのだ。

「殿！　捕らわれた者らはいかがするのでございますか！」

「たわけ者が！　伊勢の輩に捕まった者など死したも同然。そのような者など忘れて、すぐに水軍を再編致せ！」

　たわけが！　伊勢めに頭を下げて捕らわれた者を返してもらうつもりか⁉　そのような恥を晒せ

るか！

許さぬ。許さぬぞ。必ずや後悔させてやるわ！

「殿……」

わしが弱気な姿を見せれば里見は終わりだ。鬼だろうが次に会えばこの手で斬り捨ててくれるわ！

今に見ておれ。伊勢の輩を倒し、織田も倒してくれるわ！

side：北条氏康

「里見め。此度は相手が悪かったな」

鎌倉で織田の船が襲われたと聞いた時には肝が冷えたが、返り討ちにしたばかりか討って出て大勝するとは。

叔父上と孫九郎が水軍を出して、共に攻め入って良かったわ。客人を守れなかったばかりか見捨てたとあっては、わしが大恥を晒すところであった。

里見方は久遠殿の奥方を鬼と勘違いして、命からがら逃げ出したというのだから大恥もいいところだ。

「ジュリア殿が前に出たとは……」

「若様。あれはまさに九郎義経公のようでございました。舟から舟へと飛び移り、敵を討ち取る姿は某も感服致しました。いや、女の身ならば今巴御前とでも言いましょうか」

その里見を総崩れに追い込んだ奥方は武芸が得意なようで、尾張では兵に武芸を教えておったという。所詮は女の身かと思うておったが、孫九郎が、女武者なれど武士の中の武士だと絶賛しておるのだから驚きだ。

正直、孫九郎がおらねば、織田に武功をすべて持っていかれるところだったというではないか。

「南蛮船の力も思うた以上でございましたな」

「されど、あれは銭が恐ろしくかかるのではないのか？」

「左様でございましょうが、織田にも久遠にもその余裕があるということの証でございましょう」

それと力量が知れなかった南蛮船が、いかに恐ろしいかがよう分かった。

大砲に手を出せぬのは無論のこと、南蛮船は船足も早く、間断なく船の上から釣瓶に撃たれては、我が北条の水軍衆とて同じ結末ではないのか？

伊勢の海の水軍衆が大人しく従うはずだ。友誼を結ぶか、従順な態度を崩さねば気前がいいからな。行く先々で寄進しておるので、あちこちから来てほしいとの声すらあるのだ。

「温泉に行きたいなどと物見遊山かと思えばこれだ。恐ろしい相手だ」

「殿。この度の詫びはいかがなされますか？」

「懸念はそこか」

勝ったからいいものの、負けておれば大変なことになっておった。さらにこちらが守り切れなかったことに変わりはない。相応の詫びがいるな。

奪った舟でも欲しければやるのだが、持ち帰るのも苦労するであろうな。金や銭を用意しつつ商いを無税とするか？

織田の船から税を取らねば向こうも得をするはず。いや、足りぬな。

「父上。そもそも織田はまことに格下なのでしょうか？」

「西堂丸。なにが言いたい」

「織田領には新しき品々があふれておりました。見たこともない甘い瓜など、商いで扱っておらぬものも数多ありました。それに三河から美濃の半ばまで治めております。領地の実入りで二ヵ国。商いで一ヵ国の力があると考えれば同格ではないでしょうか」

「わしも若君の意見に賛同する。それほど大きな力の差はないと見た。なにより向こうは敵も少なく、領内もあまり荒れておらん」

悩んでおると西堂丸と叔父上が織田の扱いについて口を開いた。わしもあからさまな格下扱いはしておらぬが、西堂丸と叔父上は、すでに織田の力は北条と並ぶと見ておるか。

つまり詫びを慎重に考えねば、こちらが見限られるということだな。

いっそ里見を降して安房の地の切り分けをやるか？　今は空手形となるが、湊に向く地でもやれば、関東と奥州への足場が出来て商いもやりやすかろう。

降せぬ時は伊豆辺りを与えるしかない。

いずれ我らの敵になれば恐ろしい気もするが、尾張から関東は離れておるのだ。領地を与えたとて当面の脅威にはなるまい。

「殿。ここは某にお任せくださりませぬか？　一度、織田の話を聞いて参ります」

「本音を明かすか？」

「少なくとも欲するものが見えれば決断のお役に立てましょう」

襲ってきた里見の領地から分けるのが順当かと思うたが、叔父上から一案が出された。

そうであるな。織田の意向を聞かずに安易な判断は出来ぬ。安房の湊のひとつくらいならばやってもよいが、それが織田の望みか分からぬのだからな。

「では叔父上に任せよう。それと戦勝の祝いをするのでそちらも任せる」

「ははっ！」

敵は里見だけではない。上杉もおるのだ。いずれをいかに攻めるかは後で考えるとして、里見水軍を叩けた戦果は大きい。

盛大に戦勝の宴を開かねばならぬな。

side：久遠一馬

「賑やかですね」

「里見義堯は先代が助けて家督を相続したのです。それをあっさりと裏切った男。わしも胸がすっと致しましたぞ」

小田原城と町は戦勝のお祝いで賑わっている。里見って小田原では嫌われていたんだね。庶民から武士までみんな喜んでいるみたい。

「話が逸れましたな。此度は守り切れず申し訳ございませぬ。さらに戦は織田の方々の活躍があればこそ。なにかお望みがあればと思いましてな」

　そんな賑わいの声を聞きつつ、オレと信長さんたちは、幻庵さんと今回のお詫びと戦の論功行賞について話し合いをしていた。北条としては戦に勝ったからいいものの、面目が潰れたからな。

　奪った舟とかの戦利品や捕虜の分配に、討ち取った武将の首の扱いもある。守り切れなかったお詫びの話も事前に打診してくれたようだ。

「商いをするうえでの配慮をお願いしたい」

　戦利品と捕虜は北条に丸投げだ。貰っても困る。首も要らない。晒すなり供養するなり好きにすればいい。

　報酬はやはり交易の便宜が無難だよね。信長さんは立場的に配慮という言葉を使ったが。現状だと伊豆諸島を含めた北条領への寄港許可だけでもいい気もする。

「それは考えておるが、詫びと功に見合うには足りぬと思うてな」

どこまで交易の便宜を図るかにもよるが、鎌倉で守り切れなかったお詫びと、里見水軍壊滅の功績を考えると報酬としては物足りないのか。北条としては面目もあるしな。

　実際のところ、伊勢湾から関東までに織田水軍の力を見せつけた事実を考えると、報酬以上の価値があるんだけどね。

　しかし足りないって言われてもね。足りない分は現金が一番だろう。まさか同盟も結んでない他国に、領地を差し出すわけにもいかないだろうしさ。

「殿は里見領を切り取り次第、織田殿に渡すことも考えておられる。さらに二年以内に用意出来ぬ場合は、伊豆の海沿いの領地でいかがでございましょう」

「……それはお心遣いだけで十分でございまする」

ちらりと遠慮がちに語る幻庵さんの言葉にオレも驚いた。他のみんなも驚いているけど、信長さんはオレやエルに信光さんや政秀さんをちらりと見て断った。

房総半島なんてどうやって防衛するのさ。どう考えても無理がある。北条と敵対したら人質にされかねないし、なにかと北条の戦に巻き込まれるだけだろう。

さらに、駄目でも代わりの領地とまで言うが、同じことだ。縁もない関東では手に余る。

「大胆な話であったな」

「北条としてはそれだけ誠意を示したという形が欲しいのでしょうな」

幻庵さんが部屋から去ると誰かがため息をこぼしていた。信光さんは少し笑いながら、信安さんは冷静にそれぞれの意見を口にした。

戦なんだし報酬に敵の領地から切り与えるのは筋が通らなくもない。さらに空手形にならないようにと考えているほどだ。

「エル。そなたはいかが思う？」

いまひとつ得なのか損なのかみんな悩んでいる中、信長さんはエルに意見を求めた。

「いっそのこと安房や伊豆にて独立するおつもりがあるのならば、決して悪い話ではありません。ただし尾張からの援軍は難しいでしょう」

「それは無理だな。独立出来るような者は来ないぞ。来たがるのは穀潰しばかりだ」

「孫三郎様。それは……」

「事実であろう。誰が来る？　わしは断るぞ。北条の顔色を窺いながら、手伝い戦で領地を広げるなどごめんだ」

　関東への足場になるのは確かだけど飛び地になる、現状の織田家には早いよな。本当に独立するくらいの力量がある人が治める必要がある。でも真顔になった信光さんの言う通りだろう。独立するくらいの力量があれば、これがいかに大変か分かるはずだ。

　本音を言えば、ウチなら多分やれる。でもそれやると本当に関東の戦に巻き込まれることになる。しかも北条もそこまで信じて力を貸していいかは少し疑問がある。

　将来的に対立する可能性もなくはない。国家の形や役割で揉めて戦なんて、歴史を見ればいくらでもあることだ。

「私は貰ってもいいと思うわよ。統治を北条家に任せたらいいじゃない。税の上がりだけ貰って、港を使えれば手間がかからないわ」

　誠意は感じるものの貧乏くじになるなと誰もが思い始めた時、口を開いたのはメルティだった。人の心理を読むのに長けているから、今ある状況をいかに利用するか。そういう策は得意なんだよね。

「北条に代官をさせるのか？」

「これまた大胆な策ですな」

　メルティの意見に信光さんと政秀さんが驚いている。

「まあ、一度は断ったのだ。領地は寄越すまい。叔父上が言うた通り、織田には無理なことだ」

　大胆というかなんというか。みんなも驚いているが、武士としては自分たちで治められないと思われるのは嫌なのかもしれない。

　面白い策だけどね。織田としては報酬の大小は別に構わないし、北条の体裁があるのならば向こうでなにか考えてほしい。


　首実検に関してはオレたちは出なかった。首実検とは、討ち取った敵の武将の首を並べて論功行賞するあれだよ、あれ。

　織田からは代表で信長さんと信光さんが出た。ジュリアとオレは誘われたけど断ったよ。生首の観賞会なんてごめんだ。

　実際ジュリアと慶次が先陣を切って突っ込んだおかげで、かなりの敵を討ち取ったらしく、忍び衆が討ち取った相手から首を集めていたらしい。

　オレは特に指示していなかった。それなりの身分の敵を討ち取ったら首を集めるのは当然なんだ。

　彼らも自分の手柄ではなくジュリアや慶次の手柄として集めたんだし、完全に厚意でやってくれた。帰ったら褒美を出さないとな。

「出過ぎるなと言うたであろうが。鬼にされてしもうたぞ」

「構わないよ。女のアタシを見て鬼だと騒いだんだ。恥を晒したのは向こうだからね」

肝心のジュリアに関しては、信長さんが珍しく苦笑いをしている。叱るわけにもいかないが素直に褒めるのもどうかと思うらしい。

ああ、信光さんとジュリアと共に前に出た若い武士たちは、みんな首を挙げたりして武功を稼いでいる。ジュリアと慶次を除くと目立っていたのは、森可成さんとか林通政さんとかだ。

特に林通政さんは林家の汚名を返上する働きをしたらしい。

「九郎義経公のような八艘跳びにて敵を打ち倒した、今巴御前だと評判でございますな」

太郎左衛門さんが北条家や水軍で噂している話を教えてくれた。

ジュリアはいいよ。正体が戦闘型アンドロイドなんだから。なんで生身の慶次がジュリアに付いていけたんだろう。オレにはそのほうが不思議だ。確かに船に慣れるためにと、よく水軍の船に乗っていたのは知っているけどさ。

慶次だから朱槍だろうと、オレが朱槍をあげちゃったのが原因か？　真面目に鍛練をして鍛えていたこともあるけど。

「慶次郎殿は義経公に従う武蔵坊弁慶のようであったと、これまた評判。まだ元服も済ませておらぬと知ると皆が驚いておりましたぞ」

今回は斬り込みで敵を崩壊させたことが、武士からすると評判がいいみたい。敵は半ばパニックになって戦どころじゃなくなったからなぁ。おかげで捕らえた捕虜もかなりいる。

まあ、やってしまったものは仕方ないね。鬼だと言われても、ジュリアが気にしていないならいいか。

「ああ、ケティ。おつかれさま。どうだった？」

「やれるだけやった」

しばらくすると、戦の負傷者の治療に行っていたケティが戻ってきた。北条水軍の人たちと里見の捕虜に対して、敵味方問わず負傷者の治療をしていたんだ。

ただ、ケティの機嫌が微妙に良くないね。表情は変わらないがオレには分かる。

「なにかあった？」

「……その。ジュリア様を鬼だと騒ぎ、北条は人の道を踏み外した外道だと騒いだ者を、ケティ様が論破なされまして……」

一緒に治療を手伝いに行ったお清ちゃんに話を聞いたけど、里見の捕虜がそんなことを言ったのか。

せっかく治療をしようとしたのに、人の道を踏み外した外道の情けなど受けぬと騒いだらしい。ケティはそれもまた面白くなかったんだろう。

鬼などいない、ジュリアは女であり自分の友であり家族だと言ったみたい。あとは人の船を盗もうとした盗人には女が鬼に見えるのかとも語り、命を粗末にする愚か者は地獄に堕ちると言い切ると、騒いでいた者は心を折られたらしい。

「先日ケティ様が襲われたのは、里見の仕業のようでございました。里見義堯がそれを口にしていたと語る者が敵兵におりました」

こちらは一益さんが聞いてきた情報だ。他にもいろいろ情報が出てきている。

義堯は、『南蛮船が欲しい』『織田には勿体ない』『商いの利を奪う』と騒いでいたとの証言もあって、信長さんたちが怒りの表情を浮かべている。

自分たちが舐められたことに怒り心頭らしい。

side：雪乃

「美味しいね。北条もやるもんだ」

リーファが料理に箸を付けると少し驚きの表情を見せたわ。確かに、出汁も効いていて美味しいわね。

小田原城では戦勝の宴が始まった頃だわ。船にも酒と料理が運ばれてきた。

私たちも宴に誘われたけど、丁重にお断りをしたわ。役目があると言うと理解してくれた。誼を深めることも重要よ。とはいえ今も最低限の警戒が必要であることに変わりはない。そんな時代なのだから。

「今回は上手くいったけど、課題も見つかったわね」

「そうだね。すべてはこれからだよ」

私たちだけはオーバーテクノロジーにより事前に察知していたものの、里見の奇襲から始まった海戦。これは織田家としても久遠家としても課題が多く見つかるものだった。

帆船の弱点は仕方ないとしても、改造した久遠船はやはり脆弱で戦には不向きね。今後第一線で使うよりは後方支援や輸送に回すべきだわ。

それと水軍は一層の連携強化と、ガレオン船や久遠船がメインになる海戦の訓練も必要になる。北条との関係はどうなるのかしら。なるべくなら敵に回らないでほしいけど。

さて、私は花火の準備をしましょうか。この花火で北条と関東の人々が新たな時代を目指してほしいと願いを込めて。

side：久遠一馬

戦勝の宴は賑やかなものになった。里見水軍にはやはり悩まされていたようだ。

互いに相手の領地を襲い略奪を繰り返していたようだが、里見水軍のほうが上手だったみたい。ズル賢さというかゲリラ戦は向こうのほうが上かな？

憎しみの連鎖を止めるべきなんて綺麗事を言う気は更々ないけど、ないなら他から奪えばいいという戦国クオリティを変えないと、関東も本当の意味で統一は無理かもしれないって思う。

まあ、これも理想を考えるのは簡単で実行するのは難しい。オレも他人事だからこそ、考えることだけは出来るけど。

「いつもと味がまったく違いまするな」

「これは美味い。よう味が染みておるわ」

「かような味の煮物があったとは……」

今回も料理はウチで習った人が作ったみたい。ちゃんとダシを取って灰汁を取り除いているし、砂糖とみりんも使っている。

砂糖とみりんは控えめだけど、この時代の料理にしては格別の味だろう。歓迎の宴に呼ばれていなかった北条家の皆さんは驚きや喜びながらも味わっている。

これが数多の料理人の感性や積み重ねを経て、いつか史実の関東風の味に近いものになっていくのかと思うと感慨深いものがある。

「これで背後を気にしなくて良うなった」

「上杉も肝を冷やすであろう」

北条のこれからについては各々で意見はあるらしいが、義堯にとって幸か不幸か、北条にとっては里見よりも敵は関東管領の上杉らしい。

まあ放置はしないのだろうが、調略と水軍で当面は弱体化をさせるような話を宴に参加した家臣の人たちがしている。

無論、部外者のオレたちがいるところで本音は語れないのだろうけど。

「そういえば、そろそろかの？」

「はい。そうですね」

さて、宴を盛り上げる余興にと、持参した花火を打ち上げることにした。

今回の戦勝の宴には北条に臣従する国人も近場の人は集まっているらしく、初日に歓迎の宴を開いてくれた時より人数が多い。どうもオレたちの来るのが早すぎて集められなかったみたいだね。

元の世界では関東平野と言うけど、戦国期の関東は河川と湖沼と葦原が大半を覆っているから、普段の交通は小舟が基本と言っても過言じゃないんだ。

花火に関しては当然ながら事前に氏康さんの許可を取り、告知をしているし、小田原の町人にも予定時刻には海側の夜空を見るようにとお触れを出したようだ。

宴をしている部屋の外側の格子遣り戸と内側のこの時代では高価な障子が開けられると、外から涼しい風が入ってくる。いつの間にか夜風が冷たくなったな。

秋の気配がすぐ近くまで来ているのをひしひしと感じる。お酒もだいぶ入り騒がしかった宴の席が、驚くほど静かになった。

その瞬間だった、一筋の光が空へと駆け昇る。

「……おおっ！」

「これは……」

「まことにこれが人の成したことなのか？」

一瞬で花開くように咲き誇り消えていく花火の美しさに、酒の入った盃を落とした人もいるみたい。

氏康さんも幻庵さんも西堂丸君も言葉なく、ただ夜空を見つめたまま固まっている。

「やはり花火は、いいものだな」

事前に教えていても、固まるだけのインパクトがあるのだろう。さすがに織田のみんなは二度目だから落ち着いているけどね。

信長さんはそんな北条家の人たちを見ながら、一瞬してやったり顔をした後に静かに花火を眺めていた。

夜空に咲く花火に小田原の人たちがなにを思うのか楽しみだ。

願わくば戦で火薬を使うのではなく、花火で火薬を使う時代を目指してほしい。

side：エル

司令の生まれ育った元の世界では、あり得なかった偉人たちの対面。そういえば少し大げさになるのでしょうか。

同時代を生きていたものの、直接交わることがほぼなかった織田と北条。その両家がこんな形で宴の席を共にするとは思いませんでした。こういう事実が積み重なって、やがて歴史となる。そう思うと感慨深いものがあります。

「あれは人の技なのか?」

左京大夫様が動揺した顔を見せましたね。闇夜を照らす花火。これのインパクトは絶大です。

「はい、明や南蛮の知恵や技を基に、当家で考えてつくり出したものでございます」

動揺した左京大夫様を安心させるように語る司令に、この一年で少し変わったと感じます。もともと司令は、必ずしも社交性がいいと言えるほどではありませんでした。

ただ、今は人を信じさせる振る舞いを身に付けつつあります。

「なんと……」

尾張の花火大会では花火が神仏の御業だという噂になったほど、打ち上げ花火はこの時代の人には想像も出来ぬものです。そこを恐れさせるだけではなく、希望を抱かせる。

なかなか出来ることではありませんね。

「私の生まれは小さな島でしてね。海に出て知恵を絞り生きておりました。それが花火であり南蛮船でございます」

司令の言葉に皆が聞き入っています。

司令も私たちも成長しています。戦国時代という環境に適応してきたと言うべきでしょうか。

こうしてこの時代の人々と話をして親交を深める意味は、果てしなく大きいと言えるでしょう。

宇宙要塞のオーバーテクノロジーではなく、人としての力で不可能を可能に変えられる。

それでこそ私たちは、ここで生きていける。そう思います。

side：久遠一馬

「花火は大成功でしたね」

戦勝祝いの花火は大成功だった。

織田は夜空に華を咲かせた。まるで昼のように明るくなったと小田原では大評判になっている。北条家の皆さんは主な原材料である火薬の大まかな使用量を教えたら、真顔で青ざめていた人もいたけど。

「贅沢なものですからな。花火は」

信安さんが少し苦笑いを見せた。食べることに精いっぱいで奪い奪われる世の中で、高価な火薬を大量に使う花火は最高の贅沢品だ。

花火は織田から北条家への友好の贈り物としておいた。本当はあまり軽く見られないために用意したんだけど、戦で大勝しちゃったからね。むしろ、軽く見られるどころか、恐れられたかもしれない。

「しかしまあ、交易船の税の免除に金銀と銭もくれるとは。北条家は大丈夫かな？」

守れなかったお詫びと戦の謝礼は、交易船の税を免除することと、金銀と銭もくれることになった。ただ、金銀と銭は今後の交易船の水や食料の費用と修理費などに充てるために、一部を持ち帰る以外は北条家に預ける形とした。

このあたりは政秀さんが交渉した。あくまでも友好関係の確認と商いの拡大が目的であり、一時金が欲しいわけではない。

あとは伊豆諸島への寄港許可もついでにもらった。水と食料の提供も受けられることになったし、報酬としては悪くないだろう。

本音をいえばウチとしては伊豆諸島なら欲しかったんだけどね。織田家としては信光さんも言った通りに退き際だろう。欲張り過ぎだ。

「厳しいと思いますよ。帰る前に交易に関する打ち合わせをしておきます。交易が北条領の商いや物作りを潰さないようにしませんと」

金銀なので正確な価値は算定しないと分からないが、鎌倉で襲われたお詫びと岡本沖海戦の実費以上はくれたのだろう。北条家の面目もあるんだろうしね。

エルは友好の維持と今後の交易のバランスを取るべく、政秀さんに頼んで今後の交易船について話を詰めるみたい。

当面の交易はウチのガレオン船も出さないと駄目だろう。佐治水軍にも船団を組んでもらうつもりだけど、佐治水軍だけだとまだ不安だしね。

あとは蝦夷に出しているウチの船を北条領に寄港させて、蝦夷の産物は直接売るほうがいいかもしれない。

尾張への帰還は一週間後を目処にしている。本当は里見の水軍を潰した今のうちに香取神宮とか鹿島神宮に顔を売っておきたいが、秋も近いし戦までしちゃったから、これ以上あちこち刺激するのは止めたほうが無難だろう。

オレたちは梅酒の造り方を教えたり、明や南蛮に畿内の話をしたりして帰還まで過ごすことになると思う。

「もうすぐ秋だな。牧場と試験村はどうなっているかな」

「尾張に行くのではなく帰ると思えるようになりましたね。少し不思議です」

小田原にはそろそろ秋の気配が見えてきている。

温泉に行ったし、鶴岡八幡宮とか箱根権現とか早雲寺にも行った。楽しかったけど少し尾張が気になりだしたし、行くのではなく帰るのだと自然に思えるようになったことが、オレやエルたちにとっては大きな変化になる。

いつの間にか尾張に来て一年になるんだね。

「ねえ。お清殿と千代女殿のこと。そろそろ嫁ぎ先を考えてあげないと」

この日は船で人払いをして、エルとメルティと細かな打ち合わせをしていたのだが、一通り話が終わるとメルティは滝川家のお清ちゃんと望月家の千代女さんの話を始めた。

「好きな人とか出来ればいいんだけどね」

「多少好意を持つ相手ならいると思うわ。例えば司令とか」

「オレ?」

「おかしくないわよ。優しくて裕福なんだもの。でもそれを受け入れると今後の血縁外交を断るのが大変になるわね」

エルとは何度か相談していることだけど、確かにこの時代ではふたりともそろそろ結婚適齢期なんだよね。

以前にも少し説明をしたが、ふたりには縁談の話があちこちから来ているけど、ややこしい親戚は要らないし、ふたりのためにもならないからと、資清さん、望月さんと話し合って、断っているんだけどさ。

正直、オレとしては家中で好きな相手を見つけてほしいけど、あまり上手くいっていない。

「一般論とすれば、ふたりは互いに滝川家と望月家に嫁がせるほうがいいと思うわ」

メルティの言葉に少しため息が出そうになる。この時代でオレが一番嫌いなのは血縁外交かもしれない。女性を駒のように扱うこの習慣が好きじゃない。

信長さんにもそのあたりは話している。家族を利用するくらいなら島に帰るって。

エルたちは将来的に子供を欲しいみたいなんだけど、男の子はいいとしても女の子はいろいろと問題になる可能性がある。もちろん産み分けは出来るけど、そこまでしたくはない。

まあ信長さんは好きなようにやればいいとしか言わないけど。オレの気持ちを理解する部分と出来ない部分があるみたいだ。

状況がはっきりしないことと、まだ年齢的に早いから今は避妊して子供が出来ないようにはしているけどさ。

「本人たちの意思を聞くのが先じゃないか？　オレからするとなるべく家中から選んでほしいけど」

少し話が逸れたが、お清ちゃんと千代女さんたちの件はデリケートな問題なので、オレもエルも悩んでいるのは確かだろう。やはり自由恋愛は無理があるのだろうか？

メルティはそんなオレたちを見かねて口を出したのかもしれない。

でもここまで好きにやってきたんだ。古い習慣を少しでも変えていきたいじゃないか。もう少し様子をみたい。

side：北条氏康

捕らえた里見の者からは面白きことが聞けた。

上杉や今川に密書を送っておったとは。

「今川は動くとは思えませぬ。動けば和睦を仲介した武田の面目を潰すことになりまする」

叔父上の言う通りであろう。とはいえこれは我らが大勝したからとも言える。大敗しておればいかがなったであろうな。今川にとって織田は争うておる相手だからな。

「織田には驚かされましたな。まさか詫びと礼の銭を置いていくとは……」

「これで向こうは銭を持たずに関東まで来られる。悪い話ではないのだろうな」

今川はよい。気になるのは織田だ。苦労して守れなかった詫びと先の戦の礼を用意したが、向こうから預けたいと言うてくるとは思わなんだ。

関東での買い付けや、船の水と食べ物、時には修理の費用にしたいので預かってほしいと頼まれた。さすがの叔父上も驚いておったな。

恐らくは気を使うたのであろう。こちらとしても守り切れなかった詫びにと、船の無税は当然ながら南蛮船の玉薬の実費も出さねばならぬ。しかしあまりに高い礼金を持ち帰れば、友誼に障りが出るかと懸念でもしたのであろうな。

織田とすれば一時の銭より友誼と商いを選んだか。

下手に気を使うては、こちらの面目を傷付けることになろうと思うたのであろうが、商いのために預けたいと言われれば断れぬ。船に銭を積まねばより荷を積めるからな。それに、我らがその銭を横領でもしようものなら、北条は信じるに値せぬと諸国に言いふらすであろう。

恐ろしい。他家との友誼はこうするのだと教えられておるようではないか。

儀礼にこだわる体裁ではなく、実利で他家との誼を築き大きくなる気か。今川が動かぬわけが分かった気がするわ。

いったい誰の知恵だ？　やはり久遠の者か？　武士の考えることではない。すべてが織田の思惑なのは気になるが、北条としても悪い話ではないので異を唱える必要もない。いや、異を唱える必要のない状況をつくり出したことが織田の策なのか。……まことに恐ろしい相手だ。叔父上や西堂丸が織田を格下と見下さぬはずだ。

「織田といえば薬師の方は評判ですな。町中にて町人にまで治療を頼まれたら快く引き受けたとか。しかも銭も受け取らなかったと評判でございます」

それと久遠と言えば薬師殿の評判がまた凄い。

頼まれると嫌な顔ひとつせずにあちこちに出向き、途中で民に頼まれると寄り道して治療に行ってしまう。狙われたこともあり危ういと警護の者が困っておるくらいだが、本人が行くと言うて聞かぬとは。

聞けば尾張でもよくあることで久遠の警護の者は慣れておるのだとか。かの者の評判が上がるに従い、評判を落とすのは襲った里見なので構わぬのだが。

「やはり駿河守様の見識は確かでございますな。あの織田を見ればこちらから出向いた価値があるというもの」

最早家中に織田を侮る者はおるまい。孫九郎など今巴殿に南蛮渡りの武術を習うのだと言うては家中の者を連れ出しておるくらいだ。

尾張に戻る前に友誼をさらに深めねばならぬな。

side：久遠一馬

関東滞在は瞬く間に過ぎた印象だったな。

いよいよオレたちは尾張に帰ることになる。昨日はお別れの宴を開いてくれたし、西堂丸君と幻庵さんや小田原の人たちに見送られて出発する。

「関東も悪くなかったな」

遠ざかる小田原を眺めつつ、信長さんは少し物思いに耽っているようにも見える。

史実だと織田信長は、将軍に謁見するために尾張を統一した頃に畿内に行ったらしいが、関東に行ったという話はない。

信長さんに限らない。戦国武将は大半が畿内を中心に見ていて、関東や奥州、九州、四国、西国は田舎や下手をすればオマケ程度の扱いでしかないように思える。

ただ関東はやはり将来性はあると思う。オレたちが見たところでも、まだまだ開発の余地はあるし、この時代に残る香取の海と数多の河川を治めて出来る広い関東平野は将来必ず必要になるはずなんだ。

船団は一路、伊豆の下田を目指す。

帰路も沖乗りで行くことになった。帰りは黒潮の流れに逆行することになるので航海日数は二倍から三倍はかかるだろう。

何人かはこの世の地獄にでも行くような顔で船に乗り込んでいたけど。船が苦手な人はいつの時代にもいるんだね。でも陸路では行けない。武士の面目があって船が駄目だと言えないからね。

「里見義堯がどんな顔をしているのか、見られなかったのは残念ですね」

「ふん。たわけ者の顔など見る必要もないわ」

里見は北条包囲網を作りたいらしいが、肝心の里見が負けた以上は動くところはないだろう。

信長さんはたわけと言い切ったが、それは結果論だ。ひとつ違えば彼は勝者となっていた。オレたちも改めて気を引き締める必要がある。

「意外にしぶといかもしれません。北条家も里見に全力は注げませんので。下総や上総の地盤は失うと思いますが」

小田原では里見はもう終わりだなんて話も聞かれたが、やはり北条家の優先順位はどうも関東管領の山内上杉らしい。

北条家の反応と方針に、史実の知識からエルが推測したところによると、里見の滅亡までこのまま一気に行くかは微妙みたいだ。

今のうちに兵を挙げて叩けば滅亡するんだろうが、どうも調略で下総や上総の里見方の国人衆を揺さぶり、水軍で圧力をかける以上はしないみたい。

そうしているうちに地震もくるしね。宇宙要塞での地質観測に予兆が出ているらしい。それに上杉憲政の領地を奪えば長尾景虎が出てくる可能性が高い。

この数年の間に里見がどれだけ水軍を再建して、勢力を回復出来るかがポイントだろう。

「帰ったらまた書状が溜まっているだろうな」

オレの問題は、帰ったら溜まりに溜まっている書類の始末だろう。いちいち花押というサインをするのが面倒だから判子にしたんだけどね。それでも内容の確認は必要だから、大変なのは変わらない。

山の村は出来たかな？　そろそろ、椎茸の栽培とか養蚕とか準備しなくちゃならないはずだ。あとは武芸大会も稲刈りが終わったらやる予定だったけど、準備はちゃんと進んでいるのだろうか。ロボとブランカの散歩も行かなきゃならないしさ。もふもふして一緒に昼寝もしないと駄目だ。

やるべきことが山ほど溜まっている。

「お昼は冷やしうどんにしましょうか」

「いいね。手伝うよ」

水と食料は小田原で積んだけど、水は下田でも積めるから、今日は遠慮しないで使える。各船にはウチで用意した数年は腐らない水も積んであるが、あれは貴重だからなるべく取っておかないと駄目だけどね。

相模湾はまだ波もそこまで荒くないし楽でいい。エルがお昼の準備をすると言うから一緒に手伝おう。

特にすることはないけど、昼寝も寝過ぎると夜に眠れなくなるからね。

デザートにはパンケーキとかどうだろう。

side：北条幻庵

「行ってしまったな」

「はい……」

帆を張った黒船の一団はあっという間に見えなくなった。

思えば随分と長い間、共におったことになるな。他国の者とこれほど共に過ごすのは珍しきことじゃ。少々寂しさが込み上げてくるとはわしも思わなんだな。

海岸には別れを惜しむ者が集まっておる。薬師の方が治療した者や、共に戦った水軍衆も船で見送りに来たほどだ。

「他国に赴き、別れを惜しまれるような武士となりたいものじゃな」

「はい。大叔父上」

西堂丸も少し寂しそうであるな。なんだかんだと三郎殿と久遠殿とは親しくしておったからの。良いことじゃ。

凄まじい者たちであったな。戦ではなく知恵で国を富ませていこうとするとは。皆がその意味を理解出来れば理想とするやもしれぬ。されど出来る者はいかほどにおろうか。

「足利の世は終わるのかもしれん」

「駿河守殿⁉」

「いや、終わらせたほうが良いのかもしれぬ」

自ら主君を選び仕えられる立場ならば、わしも織田に久遠に仕えてみたいと思わせる者たちであった。

あの者たちと共におって、わしも多くを学んだ。特に久遠殿は武士とは違う生き方をしておる。自ら集めた知恵と技を織田にもたらしながらも、それを足利にもたらして天下をまとめようなどとはまったく思うておらぬのは明らかじゃ。

「かつて足利家は、世が荒れた元凶である鎌倉の執権、先の北条家を滅ぼした。今また世が荒れた元凶である足利家は、誰かが滅ぼさねばならぬのかもしれぬ」

「駿河守殿。そのようなことを口にされては……」

「構わぬ。年寄りの戯れ言じゃ」

織田は……、いつの日か足利家と戦わねばならなくなるのやもしれぬ。望む望まぬに限らずな。足利家が悪いとは言わぬ。されど日ノ本を治められぬ公方は滅ぶべきなのかもしれぬ。

さて、さすれば北条の取るべき道は……。

まずは風魔の扱いから変えるべきか。久遠殿の躍進には多くの理由がある。されど甲賀者の忠義にも目を見張るものがあった。

家中には風魔を蔑む者も多いが、この先は目となり耳となる者が必要じゃ。殿と話してなんとかせねばならぬ。

里見の二の舞だけは避けねばならぬからの。

『天文関東道中記』の最後は、北条西堂丸や北条長綱たちに見送られながらの出立で締め括られている。

一行は小田原の人々に惜しまれながら帰ることになったと記されていて、実際に北条側の資料でも別れを惜しむ者が多かったことが記録にある。

この『天文関東道中記』は現代に至るまでに何度も出版されていて、この道中記を基にした歌舞伎や創作物語などが多く生まれている。

今巴の方こと久遠ジュリアの八艘跳びや滝川慶次郎の弁慶比肩などの逸話は、歌舞伎や創作の元ネタとして用いられ、長く人々に愛されて親しまれている。

歴史的に見てもこの時代の道中記は本当に貴重で、資料的な価値も国宝クラスとなっている。

太田牛一の直筆の原本は三冊の現存が確認されているが、うち二冊は織田宗家と久遠家が今も保有している。

小田原花火大会は、天文十七年に小田原を訪れた織田信長と久遠一馬が、小田原にて花火を打ち上げたことを記念して行われるようになった花火大会である。

本来は友好のために一馬が持参した花火であったようだが、予期せぬ里見との海戦で戦勝の祝いに打ち上げることにしたと記録されている。

北条氏康から小田原の庶民に至るまで一様に驚き、戦勝の祝いに大きな華を添えたと『天文関東道中記』にはある。

織田の黒船と言われた南蛮船の力と、花火による文化的なサプライズは北条家に多大な影響を与えたと言われ、関東にも大きな影響を与えることになった。

皇歴二七〇〇年・新説大日本史

第八章　帰還と秋の気配

side：パメラ

「ありがとうございました」

「良くなっても、ちゃんと五日後にまた来るんだよ！」

今日も病院は混雑している。私たちの活動が認められたなと感じる。嬉しいね。

司令とケティたちは、今頃は帰りの船の上だ。私はこの後、ケティの代わりに往診に行く予定なの。病院は他の医療型アンドロイドのみんなが医師として診てくれるし、織田家の女衆とか、手伝ってくれる人たちも増えたんだよ。

でもケティの往診だけは、ケティの次に医師として顔を知られている私が行く必要があるの。

「あっ、長老殿。腰、大丈夫？　痛い時は早めに来ないとだめだからね！」

「これは光の方様。わしごときにお声をかけていただけるとは。ありがとうございまする」

お馬さんに乗って護衛と助手のみんなと往診に出発した。途中で以前にギックリ腰で診察したおじいちゃんを見かけた。田んぼの草取りを頑張っていたから声をかける。

私はこういうコミュニケーションを大切にしているんだよ。

「お坊様、そちらはいかが？」

「奥方様、こちらは田んぼの稲もよう育っておりましてな。皆で船の無事を祈っておりまする」

「そっか、良かった。祈ってくれてありがとう！　なんかあれば言ってね」

途中で顔なじみのお坊さんとばったり会った。去年の冬の流行り病の時に一緒に頑張ったお坊さんだ。

小さなお寺さんのお坊さんだけど、病人を日頃から診ている人で、重病と判断した患者さんを病院に連れて来てくれるんだ。

手洗いなんかの衛生指導もしてくれているし、新しいことも進んで取り入れてくれる。こういう人が私たちの活動を支えてくれているんだと思うと、本当にありがたいなって思う。

司令やケティが帰ってきて、安心出来るように私も頑張ろう！

もう、ここは私たちの国なんだからね。

side：久遠一馬

「尾張だ！」

「やっと着いた！」

帰路は長かった。順調で台風などに遭遇しなかったのに十日もかかった。

無論、途中で荒れる海には遭遇したし、佐治水軍の改造船の舵が壊れて修理したりと、行きとは違う苦労が満載だった。

下田を出て最初に見える陸地の志摩半島に、中継港である伊勢の大湊が見えると、涙を流して喜んでいる人もいたほどだ。

最後まで平然としていたのは、オレたちと信長さんや信光さんに慶次など一部の者と、船乗りのバイオロイドくらいかもしれない。

揺れる船内でもエルは編み物をしていたし、ケティは読書をメルティは旅の途中で描いていた絵の続きを描いていて、周りからは信じられないと言わんばかりの目で見られていた。

オレとジュリアは信長さんたちとトランプをしていたね。

「ようやく着いたか」

「船の旅の苦労が分かったな」

信長さんと信光さんも相応に船旅の大変さを理解したみたいだ。さすがに涙を流して喜ぶほどではないけど、船旅は危険と隣り合わせで、それでいて退屈なことは理解したみたい。

途中工事が進む蟹江とすっかり寂れつつある桑名が少し見えたが、寄り道せずに津島へと戻った。

みんな疲れているだろうから荷降ろしは津島の人に任せて、佐治水軍を含めた旅に同行したメンバーは上陸して体を休ませることにする。

「お帰りなさいませ」

「お帰りネ」

「お帰り～！」

そしてオレたちは津島の屋敷で今夜は休むことにして、留守を任せたセレスやリンメイやパメラに資清さんの出迎えを受けていた。

おっ、ロボとブランカも一緒に津島まで来ているのか。

「留守中、なにかあった？」

「はっ。まず桑名でございますが、商人と職人をそれなりの数で引き抜きに成功しております。それと桑名が集めた牢人が周囲を荒らして騒ぎになっております」

久々の帰還でロボとブランカに忘れられていないことにホッとしつつ、資清さんに留守中の話を聞く。

真っ先に出たのはやはり桑名の話か。内部から崩壊しているのは明らかだね。商人や職人に人足のような人も流れてきているらしい。まあ、余計なモノも流れてくるけど。そこは諦めるしかないか。

「牢人か。こっちに被害は？」

「はっ。今のところは軽微でございます」

厄介なのは桑名が集めた牢人か。どうも桑名ではある程度の銭を与えて追放したらしい。

元々戦場を求めて転々としているような人たちだから、ピンからキリまでいるし、中には野盗のような者もいる。戦が比較的多い畿内にでも行けばいいのに。

「その件についてですが、桑名が追放した牢人のうち柳生新介及び郎党の者を一時雇い致しました」

「柳生？」

「大和の土豪の倅ですな」

ん？　柳生新介って誰さ？　柳生ってあの新陰流の柳生か？

「津島にて酒を飲んで暴れていた牢人を叩きのめした時に、見ていた彼らに弟子入りを志願されましたので受け入れました」

話の流れから柳生一族の誰かなんだろうね、でも津島で暴れていた牢人をセレスが叩きのめしたのを見て、弟子入り志願とか普通じゃないかも。いくら強くてもセレスは女なのに。

「まあ、いいんじゃない」

よく分からないけど、セレスが認めたのならば構わないだろう。ジュリアなら酔狂で変な人でも雇いそうだけど、セレスは真面目だから。

ああ。ロボとブランカ。そんなに着物を引っ張らなくても、ちゃんと今日は散歩に行くから。

なんだかんだと一月近くいなかったからね。散歩の時間になると二匹は毎日オレを探していたらしい。

散歩は可能な限り行っていたからなぁ。

side：リンメイ

関東から船が戻ったと大湊より知らせが届いて、津島はあっという間にお祭り騒ぎネ。

「関東は遠いものね」

遠い。リリーの言葉通り、この時代の人の感覚では遥か遠くに行くようなもの。みんな心配して旅の無事を祈っていた。ウチと直接関わりのない津島の町衆にも、祈っていた人がいたと聞いているほどよ。

常時連絡が取れるのは私たちだけの秘密。通信技術の価値を再認識するネ。

「あのね、あのね。殿さまがぶじにお戻りになられるように、皆でお祈りしておりました」

「ありがとう。落ち着いたら旅の話をしてあげるよ」

宴は夜にするはずが、リリーが連れてきた子供たちがあまりの嬉しさに騒ぐと、宴のように賑やかになってしまった。

別室で待っていたのだが、司令がすぐに呼んであげた。リリーが親代わりとなるなら自分も父親の代わりになる。そう言って可愛がっている子供たちだものネ。

「無事にお戻りになられて、まことにようございましたなぁ」

孤児院で働く年配のお年寄りはそんな姿を見て涙ぐむ人もいる。私たちはそれだけ厳しい時代を生きていると実感するよ。

ウフフ、この人の繋がりが私たちには心地いい。生きていると実感して、ここで生きようと思える原動力になるネ。

side：久遠一馬

家臣とか孤児院の子供たちとか、いろんな人と話していると帰って来たんだなと実感する。

ただ、セレスが一時雇いをしたという柳生新介って石舟斎じゃないか。そんな有名人がなんで牢人なんかに交じっていたんだ？

「私が聞いたところによると、柳生家は筒井家に敗れ臣従したようです。ただ新介殿と若い者たちはそれを不服に思い、諸国に武者修行の旅に出たとか」

「へぇ。苦労しているんだね」

　牢人にそんな有望株がいたなんて。でも柳生で有名なのは石舟斎の息子宗矩だよね。石舟斎は剣術に長けているイメージがあるが、上泉信綱に負けて弟子入りして新陰流を学ぶんだっけか？

　セレスいわく、どうやらその前らしい。柳生新陰流の完成前にセレスに弟子入りしたら新陰流は生まれなくないか？

　まあいつまでウチにいるか分からないし、そこまで気にする必要もないか。

「桑名では商人のひとりが殺害されました。誰の仕業かは分かっておりませぬが、押し込み強盗による一家皆殺しとして決着を図っております」

　そして桑名はオレたちがいない間にすっかり寂れたみたい。商人ばかりか、様々な人の流出が止まらず、有力な商人にも不慮の死を遂げた人がいるとは。

　ただの強盗なのか、それとも桑名を滅茶苦茶にした戦犯として恨まれての犯行か不明らしい。ただ、状況的に織田の桑名攻めを恐れた誰かに殺された可能性も高いと資清さんは見ている。

「大殿はこの件にはなんて？」

「放っておくようにと言うておられました。桑名を取る利はないと」

まあそうなるよね。六角や北畠を警戒させるだけだし、あそこは元々朝廷の御料所。織田が領有したら返さないと朝廷がどう思うか分からない。

北畠とか六角に警戒されたり恨まれながら、朝廷に返すために桑名を取るのもね。

「なら放置でいいか。引き抜ける人は引き抜いてさ」

「それと流民に間者が増えておりまする。中にはわざと騒ぎを起こして、流民と領民の仲を悪化させんとする者もおる様子」

織田領は景気もよく人が増えている。ただ、やはり人が増えれば相応に問題が出てくるわけだね。対策は今までと大きくは変わらない。問題を起こす人を罰していくことが中心となる。

治安維持と処罰をきちんとすれば、現状が破綻するまではいかないだろう。

この対策はすでにセレスの進言で実行している。周りと比較して織田だけ食えるようになってきたからね。賊なんかも入ってきているんだろう。

「我慢の時だよなぁ」

清洲・那古野・津島・熱田では警備兵が活躍している。その効果は高いだろう。資清さんの話ではウチの兵も津島や熱田に回している。

問題は曖昧な国境と、国人領主になる。国境の管理って難しいんだよね。日本列島とかウチの島なら、少なくとも船がないと外部から人が来られないからいいが、陸続きの国境管理はこの時代では難しいだろう。

しかも、織田領も端に行けば行くほど、独立意識が強い国人衆も珍しくない。空気を読めるのならいいんだけどさ。無駄に誇りだけは高いような武士も珍しくないからね。

「考えすぎても駄目だね。散歩でも行こうか」

まあそちらは放置しても、すぐに致命的な問題にはならないだろう。改革が進めば国人も変わってくれるかもしれないし。変わらない時に対策をすればいい。

それよりもオレたちの帰還を喜んでいる子供たちと、散歩をしたくてウズウズしているロボとブランカと一緒に散歩に行こう。

みんなでのんびりと津島の町を散歩すると、普段はなかなか来ないような場所にもロボとブランカが連れてきてくれる。今日は下町の長屋のような町を散歩するのかぁ。

「これは久遠様。無事のお戻りと聞き、安堵致しておりました」

庶民の長屋のような地区を抜けると、ロボの実家の商家に辿り着いた。ここもオレのウチだと言わんばかりに入っていこうとするロボのおかげで、元飼い主の商人さんと出くわして縁側で少し旅の話をする。

ロボとブランカはロボの兄弟や両親と戯れていて、そんな光景を見ながら関東の話に花が咲く。

ここでも桑名の話が出たが、東海道における伊勢の最初の宿場町としてはそれなりに栄えているらしい。

主に熱田から船で桑名まで渡り西を目指すには、やはり桑名で一泊するのがいいんだろうね。

ああ、お土産に買ってきた寺社のお札とか梅干しを後で届けてあげよう。そんなに大きな商家じゃないけどね。ウチとは数少ない縁のある商人さんだから。

翌日には那古野に戻るが、待っていたのは書類の山だった。

実務は資清さんとセレスたちがやってくれたんだけどね。各種報告書や命令書にはオレの判子がいる。

この時代だと紙は貴重だから必ずしも書類は作らないことも多いんだけど、ウチは特に報告や命令は必ず書面にするようにしているからなぁ。

「あの人が柳生新介殿か」

「あの若さでなかなかの腕のようですね」

書類と格闘していると庭から木刀を打ち込む音がした。覗いてみると、石舟斎さんがジュリアと手合わせをしている。

彼がセレスに弟子入りした理由は、目の前で素手のまま武器を持つ牢人を叩きのめしたかららしい。そりゃ驚くわな。

「ああ、ジュリア。勝ったね」

庭では石舟斎さんがジュリアに負けたことで郎党たちがざわついている。エルいわく剣の腕前はあるらしいし、まだ若いからブイブイ言わせていたんだろうね。

一時雇いというより食客みたいな感じか。ウチでセレスに武術を習って修行しているようだ。

この時代だと武芸者が武家に滞在したりするのは、よくあるらしいし別にいいんだけどさ。

「そういえば、戦の褒美も考えないとだめだね」

「禄を増やすのと一時金を与えるのでいかがでしょう。あとはお酒も悪くないと思います」

ジュリアは自由でいいなと思いつつ書類を片付けていくけど、関東での後始末というなら戦の褒美も考えないと駄目だったんだ。

ウチには信秀さんと信長さんから褒美があるのだろうが、そこからまた家臣に褒美をどうするかは、オレたちが考えなきゃならない。

ウチは日ノ本本土にあげる土地もないし、現金や現物しかないいんだけどさ。

「太田殿。なにか欲しいものある？」

「殿。左様なことは殿がお決めになること。聞かれても困りまする」

一緒に書類整理をしてくれている太田さんも先の戦では活躍していた。ちょうどいいから褒美に欲しいものを聞いたら困った顔をされた。

太田さんはなにをやらせても器用にこなすんだよね。空気も読めるし有能だから、いつの間にか忙しく働いていていたりする。

「太田殿は文武両道だから一番忙しいんだよね。そこも加味しないと」

今日も旅の報告書をまとめてくれるだけでいいって言ったんだけど、先にオレの書類を手伝ってくれているんだよね。

「殿。少しよろしいでしょうか」

「うん。どうかした？」

「実は信濃の本家から文が某宛に届いております」

みんなの褒美を考えつつ書類に判子押していたら、望月さんが少し困った表情でやってきた。

信濃の望月家って、今は武田家に臣従しているはずだ。確か史実だと千代女さんが嫁ぐはずだったところだ。

「返事をいかがするべきかと思いまして……」

望月さんは本家が寄越した文をオレに見せてくれたが、内容は信濃の話や本家の話が書かれている。そのうえでそちらはどうだと、気遣うような探るようなことも書かれているね。

本家が心配してくれていると見るべきか、武田が探りを入れてきたと見るべきか。難しいとこだけど、文を武田に内緒で出せないだろうから本家はともかく武田は探りだね。

「任せるよ。本家との誼もあるだろうし」

「……武田が探りを入れてきたのかもしれませぬが」

「うーん。問題ないよね?」

「そうですね。季節の挨拶程度ならば構いませんよ。返事と一緒に金色酒でも送ったらいいかと。恐らく武田に流れるでしょうから。ただし、清洲の大殿には事前に了承を頂いたほうがよろしいかと、若様にはすぐに使いを走らせます」

「じゃあ、清洲には報告に後で行くからその時に許しをもらってくるよ。大殿と若様の意向に鑑みて、出すのはその後にしようか」

望月さんも武田を警戒したか? いや、オレたちに武田に内通したと疑われないか気にしたのかもしれない。

親戚付き合いまで口を出す気はないけどね。この状況で武田に内通するほど愚かならウチには要らないし。まあ、先に知らせておいたほうが、望月さんとしても余計な心配しなくて済むってことか。

前に信秀さんが言っていたけど、家中を疑心暗鬼だらけにするのは嫌だからね。手紙くらいなら許可するよ。

side：佐治水軍の船乗り

「生きて帰れたな」

「ああ……」

死ぬかと思うた。一面に海しか見えなく、雨が降り続いても、風が吹き荒れても、船から降りるどころか島影に避難することも出来ないのは怖かった。

「あの古い船は、もう駄目だろう」

「殿もそうお考えのようだ。新しい船を造るそうだ」

迷ったり転覆しなかったのは、久遠様のところの船乗りのおかげだ。ただ、さすがにあの改造船は駄目だ。古いだけにあちこち傷んでいたし、よく転覆しなかったもんだ。

聞けば新しい船は古い船より丈夫で造りも複雑らしい。船大工が苦労したとこぼしていたからな。

「オレ。あのみかんの砂糖漬けをひとつ残したぜ。おっ母と子たちに食わせてやるんだ」

「へへへ。オレはふたつ残したぞ！」

今後のために殿は新しい船を造るらしい。関東では敵なしの黒船と言われて騒がれていたが、本音を言えばウチの船はかなり厳しかった。

ただ、飯だけは久遠様から頂いたものだから良かったな。透明な壺に入ったみかんの砂糖漬けとかは絶品で、油紙に包まれていた『びすけっと』とかいうものも意外に悪くなかった。ずっと食いたいもんではないけどな。

「己らはなぁ……」

懸念があったとすれば、みかんの砂糖漬けとか酒を土産にしようと残す奴が多かったことか。酒も濃くて美味かったからな。

「己らのせいで久遠様からの褒美が、みかんと酒になっちまったじゃねえか」

「いいだろうが！　銭なんか要らん！」

噂だとウチの船の様子を聞いた久遠様が、頭を抱えていたとも聞く。みんなで食い物を節約して結局半分以上を残してきたからな。

そのせいだろう。褒美がみかんの砂糖漬けと酒になっちまった。次からはきちんと船で食べるようにと、頭たちと幾人かの者がお叱りも受けたって話だ。

なんでも食わないと、いざという時に病になって困るんだとか。本当かね？

「次はいつだ？」

「しばらくはないって話だ。これからは野分が来るからな」

しかし、船も戦も変わったな。船は大きくて頑丈になるし、玉薬は使いきれないほど使うんだからな。北条の水軍衆が鉄砲や焙烙玉の使う量に、驚いていたのも当然だ。

銭はすべて織田の大殿が出してくださったようだが、おかげでオレらまで驚かれる側になっちまった。

「いつの間にか久遠様の水軍みたいになっているな」

「構わんだろう。服部や里見の水軍衆みたいになりたいか？」

「まさか。しかし殿はいいのかなと……」

「報酬が凄いんだと。それに佐治水軍の名も売れた。殿はご機嫌だよ」

気さくでいいお方だし、気前もいいんだけど。いつの間にかオレらは久遠様の水軍になりつつある。本来の仕事も当然しているが、それ以外は久遠様からの仕事ばかりだ。

米や麦も安くなったんだよなぁ。久遠様が熱田の商人に頼んでくださったみたいで、安くて食うに困らぬ量の米や麦が入ってくるようになった。

長老衆と女衆は留守中にも、山に木を植えるために励んでいたらしい。あと久遠様の家臣が、井戸の新しい掘り方を教えてくれたんで、あちこちで井戸も掘っている。

前より深く掘れるらしくってな。田んぼは無理でも畑は増やせるようだ。

「戦がない世の中か……」

「いかがしたんだ？」

「前に久遠様がおしゃっておられた話だよ。戦がなくなった時のために備えるって。そのようなことを考えるか？」

あれほど戦が強い久遠様が、何故戦がない世の中なんて考えるのかオレには分からねえ。

ただ、もうかつてのような貧しい暮らしには戻りたくないな。

そのためにもオレらは負けてられねえ。

久遠様のように広くてでっかい海を渡り歩く船乗りになるんだ。

side：久遠一馬

「里見か」

「ご存知でしたか」

「名前くらいはな。とはいえ、それ以上は知らぬ。よう分からぬ出の者が、いつの間にかいずこかの一族になっておるのは、ようあることだからな」

書類の山はまだ片付かないけど、信秀さんにアポを取って清洲城まで報告に来た。

信長さんたちから報告もあったんだろうけどね。船とか戦に関してはウチからも報告しないといけない。

「偶然ですが、関東で織田の名を売ることが出来ましたし、力も示せました。戦の費用は北条に出していただきました。友誼も深められたと思います」

「人の銭で名を売り、力を示したか。そなたたちらしいな」

「襲われた時は正直、肝が冷えましたよ」

里見水軍には悪いけど、結果的に現在の織田水軍の実戦には手頃な相手だった。

海戦はジュリアの突撃で大勝したけど、あれがなければこちらの船も一隻や二隻は損傷または沈んでいた可能性もあったことは今後の課題だね。

「北条からは時勢満つるならば、同盟も考えたいと言うてきたぞ」

「北条はすでに、そこまで踏み込みましたか」

氏康さんからは信秀さんへの書状を、信長さんが預かってきたんだよね。なにが書いてあるのかと思えば。先に同盟を切り出したとは。思いきったね。

「北条はいかがであった？」

「手強そうでしたね。左京大夫様も噂以上だと感じました。ただ、やはり敵が多いのが懸念ですね。今のところ敵はまとまりに欠けるのでいいのでしょうが、敵がまとまると大変かもしれません」

北条の最大の問題は敵の多さだよね。臣従した国人衆も長尾景虎が来れば簡単に寝返るし。彼の関東遠征の分だけ領地は荒らされる。

北条領の外で野戦にて迎え撃てればいいんだけど。籠城とそこからの反撃では北条領は今以上に豊かになるのはなかなか難しそう。

正直なところ国人衆とか戦国大名とかは、戦国時代のこの時期に叩けるところは叩いて土地から切り離してしまう必要がある気もする。

ただ、そうすると足利家がどう出るかだよね。畿内と戦うにはまだまだ力も準備も足りない。

「あっ、実は望月の信濃本家から文が来たようです。返信してもよろしいでしょうか？」

「望月の信濃本家は武田に臣従しておったか。武田が探りでも入れてきたか？」

「そうかもしれません。今川の様子が変わりましたので、その理由を当家に見ているのかも」

「よかろう。武田はあまりいい噂も聞かぬが、無視するほどではあるまい。そなたの家から早々に裏切り者が出るとは思えぬしな」

　まあ北条の問題は北条が考えることで、オレが考えることじゃない。それより尾張の問題と、望月家の手紙の許可をもらわないと。

「現状だと武田の相手までする必要はないですからね。三河を攻めるのならば別ですが」

「攻められぬわけではないが悪手であろう。尾張を恙なく治めるほうが先だ」

　手紙の許可はもらえた。ついでに三河攻めも聞いてみたが、その気はないらしい。尾張を統一したのはつい最近だしね。やはり数年は内政に励みたいところだ。

　あとは秋の収穫とその後に計画している武芸大会の話を少しして終わった。

　武闘派のガス抜きのためにも家中の融和のためにも、武術や身体能力を競う大会は必要なんだ。

side：柳生宗厳（石舟斎）

「新介様が……こうもあっさりと……」

「南蛮の女は皆これほど強いのか？」

　負けた。しかも女に。供の者は驚き、南蛮の女は皆が強いのかと口走っておるが違う。この者たちが強いのだ。

「やるねぇ。手合わせが楽しいのは久々だよ」

「セレス殿と同じ流派か」

妖術の類いではない。確固たる理をもつ武術だ。恐らく剣術ではないのだろうがな。

ジュリア殿と言うたか。流派はセレス殿と同じだが、中身はまったく違う。戦いを楽しむ武士のようだ。

「ああ。そうだね。久遠流武術とでも名乗ろうかね？」

「剣術や槍術ではないのですな」

「それも使えるけど、本筋は生き残るための術だからね」

太刀より短めの木刀にて、拙者の木刀の攻めをすべて受け流されてしまった。恐らく無手でも拙者に勝てるのかもしれぬ。

あの日。拙者は見たのだ。セレス殿が無手にて酒に酔い暴れた狼藉者を叩き伏せる姿を。

最初は後ろで護衛に守られておったが、狼藉者の中に少し腕の立つ者がおった。護衛の者では荷が重いと感じ、拙者も助太刀に入ろうとした時、セレス殿は自ら前に出て無手のまま狼藉者の一太刀をかわすと殺すことなく取り押さえてしまった。

見ておるだけで背筋が寒うなった。間合いも動きも技も見事であった。本来ならばその場で手合わせを願いたかったが、相手が噂の久遠家の奥方なのは容姿から明らかだ。

無礼は出来ぬと日を改めて一手教授を願うと、瞬く間に一手頂いてしまった。さらなる修練が積みたく弟子入りを志願すると、意外なことにあっさりと受け入れられたのだ。

それから拙者はセレス殿に稽古をつけてもらったが、一度も勝てたことはない。まさか同じように勝てぬ女がまだおるとは思わなんだがな。

「いいね。あんたのその腕前。修行ついでにウチの若い衆に稽古をつけてやっとくれ。報酬は弾むよ」

「拙者は構いませぬが……」

「強い奴との稽古はなによりためになるからね」

伊勢にもその名が轟いておった久遠家だが、噂の多くは南蛮船と商人としての力であった。

されど来てみると意外に手練れが多いことに驚かされる。若い者が多いが、才のありそうな者も多く、他の武家にも決して劣らぬ。

特に関東から戻ってきた者らには、気になる者が幾人もおるほどだ。

「しかし、桑名の牢人にあんたたちみたいな者もいたなんてね。油断出来ないね。本当」

「関東ではご活躍だったと聞き及びましたが？」

「アタシを見て鬼だと騒いで、逃げ出した腰抜けがいただけさ。戦場で冷静さを失うなんて愚かな奴らだったよ」

関東と言えば織田家は向こうで里見を相手に大勝したとか。特にジュリア殿は今巴御前と讃えられるほど大活躍だったと、早くも町では噂になっておる。

本音を言えば羨ましい。拙者も剣の腕には自信があったが、世に知られるほどの手柄はなかなか挙げられぬ。父は筒井に負けて臣従した。己ひとりの武で出来ることなど限られておると感じるが故に。

　久遠家にあり柳生家に足りぬものはいかなるものであろうか。

　ここ久遠家はなにもかもが違う。拙者はここで心身共に鍛え直さねばならぬ。

side：久遠一馬

　書類の整理が一段落すると、あちこちに帰還の挨拶に行くことにした。牧場村・工業村・農業試験村はもちろんのこと、蟹江の普請場の視察にも行かなきゃならないしね。

「ここも賑やかになったな」

　まずは工業村に足を運んだ。工業村の外にある銭湯町は、旅人はもとより周囲の領民も集まり賑やかになっている。

　内部も高炉に使う鉄鉱石やコークスを運ぶ男たちや、彼らの家族に遊女などの住人で賑わっているね。こっちは新しい反射炉に、以前要望があった祭祀の場となる合同寺社の建築も始まっていた。

　工業村の中に寺社がないことで不便を感じている人が多く、エルとか政秀さんと相談して仏教の宗派とか神社にとらわれない宗教施設を建築している。

　元々神仏混合が進んでいる時代だし抵抗があんまりないらしいから、特定の宗派や神社ではなくみんなが使える施設として建築することにしたんだ。

管理はウチでするしかないけど、尾張領内の寺社とは良好な関係だから、信用のおける僧侶や神職を交代で常駐させる方向で話を進めてもらっている。


「殿様だ！」

「お役目ご苦労様でございます！」

牧場村のほうは夏野菜の収穫が終わっていた。この日は領民や子供たちが収穫を終え耕し直した畑に、秋冬用の作物を植えているみたい。

オレの姿を見て笑顔で駆け寄ってくる子供たちを見ると、本当に帰ってきたんだなって思う。顔にまで土を付けながらも農作業をしている子供たちの元気な姿にホッとするね。

そうだ。関東の旅を紙芝居にして見せてあげようか。みんな紙芝居が好きだからな。後でメルティに頼むか。

「いらっしゃい」

「留守中なんかあった？」

「ううん。ここは平和だったわ」

牧場村を任せているリリーは相変わらずマイペースだ。ウチが管理している場所だと、ここが一番安定しているんだよね。

畑にはそろそろ収穫を迎えるさつまいも畑もあって、オレが帰ってきてからみんなで収穫しようと待っていたみたい。

前に運んできたヤギや乳牛も元気で、サイロには冬に備えて牧草が備蓄されている。

「殿様！　戦の話、聞かせて！」

「聞きたい！」

次はなにを試そうかと考えていると、子供たちに先日約束した関東の話をねだられた。楽しみに待っていたらしい。

「じゃあ、休憩にしましょうね〜」

「やったー！」

「御袋様ありがとう‼」

うーん。紙芝居にしてあげようかと思ったのに、そこまで待ってくれそうもないな。みんな関東の話が聞きたいのか集まって来ちゃった。

まあ話すのはいいんだけど、オレは活躍していないんだよね。命令しただけで。

仕方ない。麦茶と肉まんをおやつにしながら、みんなに旅の話をしてあげようか。

ウチの領民の間では里見家は卑怯で情けないとのイメージが定着しそうな気もするけど。まあ、いいか。

現代において安房里見家はふたつのイメージがある。

『南総里見八犬伝』の題材となった前期里見氏と、織田家による『関東天文道中記』に記された後期里見氏である。

『南総里見八犬伝』に登場する前期里見氏は、勧善懲悪の物語として書かれているため善良なイメージがあるが、『関東天文道中記』に記された後期里見氏は、逆に里見義堯による薬師の方こと久遠ケティの誘拐未遂、里見の朝駆けなど愚行を繰り返した卑怯者・愚か者として知られている。

実際、『南総里見八犬伝』は創作であり事実とは異なるが、創作から生まれた前期里見氏の善良なイメージと、後期里見氏である里見義堯の家督継承に纏わる逸話から、久遠ケティの誘拐未遂などによる卑怯者・愚か者という対照的なイメージにより、皮肉なことに戦国史でも有数の名が知られている一族である。

なお、『南総里見八犬伝』や『関東天文道中記』が有名になる前の時代では、久遠家が紙芝居や瓦版にて鎌倉・岡本沖海戦を伝えていた影響もあり、すでに里見家は卑怯で愚か者として全国的に有名だったと言われている。

里見の朝駆けという言葉もその当時に生まれたと言われ、一説にはあまりに評判の悪い里見氏を憐れんで『南総里見八犬伝』が創作されたとも言われるが真相は定かではない。

【里見の朝駆け】

情報収集をろくにせずに目の前の儲け話に飛び付くこと。

対意語【石橋を叩いて渡る】

由来・戦国時代、里見義堯が久遠の黒船を手に入れようとろくに情報収集もせず、朝駆けを行い大敗を喫した故事から生まれた。
現在の小学校では、必ずこの出来事を子供に教え、物事を実行する前の情報収集の大切さを学ばせている。

皇歴二七〇〇年・新説大日本史

終章　今この瞬間が……

side：シグルドリーヴァ（リーファ）

夜の海はすべてを飲み込んでしまいそうなほど暗く恐ろしい。動力をすべて切って帆船として夜の海で停泊していると、波の音と揺れに自分などいかにちっぽけな存在かと思い知らされる。

「リーファ、どうしたの？」

甲板で星を眺めていると雪乃が姿を見せた。

「いや、明日はどうなるのかと思うと興奮して眠れなくてね」

コンピューターで管理されたイベントなどではない現実世界での日々は、なんと楽しく恐ろしいのだろう。特に予定もないのに興奮してしまうなんて。

人という存在は可能性に満ちていて、変化を求め、より良き明日を求めていた。

「雪乃、神仏を信じるか？」

「……いないと証明した者もいない。かつてならそう答えたと思うわ。でも……今は信じてもいいかと思うところもあるわね」

広大な宇宙のその先にはなにがあるのだろう。宇宙の始まりと終わりはどうなっているのだろう。疑問や謎はいくらでもある。

神仏に関しても謎であり、自分たちアンドロイドでもそれぞれに意見が異なることだ。

「司令と自分たちはたとえ離れていても心はひとつだ。少なくとも自分はそのつもりだ。故に願ってしまう。このまま共にありたいと。それだけは祈ってしまうよ」

宇宙要塞では今もあらゆる事態を想定して、自分たちがこの世界にきた原因の解明はもとより、あらゆる知識や技術の研究を続けている。

今はみんな、あちこちで離れて暮らしているからこそ、全員無事でまた会える日を楽しみにしているんだ。

「それでいいのだと思うわ。私たちも全知全能じゃないんだもの。絶対なんてないのよ」

司令もエルもメルティもケティもジュリアも、みんな楽しそうだった。仮想空間の頃とは変わった部分もありながら、やはりみんな変わらない部分がきちんとあった。

「じゃあ、星にでも祈ろうかね。明日もいい日でありますようにと」

「ええ、それもいいわね」

みんなどこかで、この星空を見ているのだろうか？

自分と雪乃は今日も精いっぱい生きたよ。明日もまた精いっぱい生きる。

だから……、また笑顔で会おう。

side：織田信秀

静かだ。神仏すらも眠りについておるかのようだわ。

弟の与次郎信康と酒を酌み交わす。今宵は民が好むという、焼き煮干しを肴に麦酒を飲んでおるが、これはこれで悪うない。

「いつの間にやら忙しゅうなりましたな」

近頃は居城の犬山と清洲を行き来しておるほど忙しいことを、与次郎は少しおかしそうに笑うた。

苦楽を共にしたことを懐かしむ歳となったのか。それとも今の尾張はそれほど面白きことばかりなのか。その両方かもしれぬな。

「まだまだ忙しゅうなるぞ」

「それは困りましたな。久遠の知恵は確かなれど、我らのような者には理解するのがやっと。他の者など、よう分からぬまま兄上に従うておるだけでございまするぞ」

思わず笑い出しそうになる。戯言のように言うておるが、本心であろう。生まれが違うということは、かように生き方が違うのかとわしも驚くほどよ。

「案ずるな。一馬らはそれも考えておる。皆が八郎のように理解し動けるとは思うてはおらん」

「八郎殿か。確かに……」

一馬らがあまりに目立つ故に家中でも知られておらぬが、八郎は一馬らの知恵や考えを理解し、周りの者といかに繋ぐか考えておる。

当人でさえ理解しておらぬが、八郎の働きは抜きん出ておるわ。一馬も決して手放すまい。

「兄上……、天下を目指すおつもりでございまするか？」

ふと与次郎がかようなことを口にした。天下とは大きく出たな。

「今のままでは難しかろうな」

一馬らと話をしておると、己がいかに狭い世を見ておるかと思い知らされる。天下など夢のまた夢であろう。

尾張をまとめることが出来たのは一馬らの力だ。わしの力ではない。

「与次郎、天下とは天が求めるものなのかもしれぬ。いずれ天が織田を求めてもいいように、天下に相応しい国を築いておかねばならぬ」

一馬は天下など喜ばぬであろうな。されど、天は必ず一馬を求める。

「久遠殿は情けが深すぎまする」

わしの考えんとすることを、与次郎も気付いておるか。

「案ずるな。わしと三郎がおる」

戦乱の世で潰させるなどわしがさせぬ。

「まるで我が子のようにおっしゃるのでございまするな」

はて、そのようなつもりではなかったが。それもいいかもしれぬ。

「見てみたいのだ。一馬らが見ておる世を」

戦のない世など、わしですら見えぬ。されど見えておるのだ。一馬らにはな。

これがわしの天命かもしれぬと近頃思う。

side：織田信長

「武芸大会か。相も変わらず、かずの考えることは分からん」

武芸に秀でた者を集めて手合わせをさせるのではなく、領内で望む者ならば身分に関わらず力試しを出来る祭りか。

さらに民に武芸を見せるために、清洲の外れには武芸大会の場を造っておるのだ。信じられぬことをする。己の技を多くの者に見せるなど、望まぬ者も多いというのに。

「一馬殿は、皆がひとつになるようにと考えておるのだと某は思うております」

オレの問いに答えたのは爺だ。歳の功ということか？

かずはいかなるわけか人を信じさせる男だ。いつの間にやら皆が信じておる。家臣でさえ疑っておったオレには出来ぬことだ。

「爺、北条は手強そうであったな。あのような者が世には多いのか？」

「左様でございまするな。北条は特に手強いと存じまするが、今川も斎藤も一筋縄ではいきませぬ」

関東でもそうであったな。オレはかずに及ばぬ。関東で示したのは織田の武勇ではない。久遠の武勇を示したというても過言ではないというのに。かずは決してそれを望まぬ。

「負けてはおられぬな。北条にもかずにも」

「若ならば必ずや、かの者らや一馬殿に負けぬ武士となりましょうぞ」

信じて疑わぬような爺の言葉に、オレは決意する。

もっと学ばねばならん。武芸も学問も、人としての生き様もな。

「いつか見てみたいものだな。かずがいかなる地で生まれ育ったのか」

「穏やかで争いのない地でございましょうな」

一年だ。かずが尾張に来て。にもかかわらず尾張を変えてしまった。知恵や技ではないのだ。かずは自ら多くの者と向き合い、変えたのだ。

かずは己のしておることを早いと思うておるのであろうか？　それとも遅いと思うておるのであろうか？　人の一生は短い。日ノ本を統べるのならば、かずのように驚くべき早さで動かねばならぬのではないかと思うところもある。

オレは、もう戦で先陣を切ることは出来ぬのであろうな。此度の里見との戦でよう分かった。采配を振るう将が前に出るなど許される戦ではなくなる。

戦になる前に勝つということをかずに学んだが、将が前に出て兵を鼓舞するなど万が一を考えるとあり得ぬことくらい分かる。

自ら前に出た叔父上やジュリアが少し羨ましく思えるわ。

「若、そろそろお休みくだされ」

いつの間にか夜も更けたか。下がる爺の後ろ姿を見ておると、ふと幼き頃を思い出す。

「爺、風邪など引かぬようにな」

「若、某はそれほど歳ではございませぬぞ」

爺の言葉に思わず笑ってしまったわ。

side：リリー

満天の星が綺麗ね。ただ、風が吹き抜けると少し寒いわ。

「もう秋ね」

メルティの描いている絵の中はまだ夏だわ。関東で見た富士山の絵を仕上げている。季節が巡るのは早いと感じるわね。

私の住む牧場では、夏の頃から冬の支度をしているので驚きはないけど。

「美味しい！」

「うん、お代わり」

パメラとケティはお団子を頬張っているわ。今日のお団子は私と孤児院の子供たちが、司令とみんなに食べてもらおうと作ったものよ。あの子たちも喜ぶと思うわ。

「北条と里見がこのような形で争うとは。興味深いですね」

「アタシたちは歴史という参考資料がある。ただ、それが仇となるかもしれないと思ったよ」

セレスとジュリアは一足早く梅酒のお湯割りを飲んでいます。ふたりは司令の元の世界の歴史と現実の違いについて話しているようね。

同じ戦闘型アンドロイドでも違う。セレスは冷静沈着に物事を考え判断するほうだけど、ジュリアは直観のようなその場の変化も敏感に感じ臨機応変に変える。そんなジュリアの言葉は気になるわね。

「知るという弊害ですか。あり得ますわね」

「同感ネ。私たちが有利なのはほんの僅かな差ネ。甘く見てはいけないよ」

こちらは紅茶を飲むシンディとリンメイですが、彼女たちはジュリアの言葉に同意して気を引き締めているわ。

私は子供たちや牧場村の領民を相手にすることが多いけど、彼女たちはこの時代の商人たちを相手にしている。それがどれだけ大変かは私にも分かることだわ。

「人に教えていると感じるわ。人の可能性と凄さを。変わることを恐れず、貪欲に生きる人は多いわね」

そう、アーシャの言う通り。戦国時代という固定観念は捨て去るべきね。アーシャは私と一緒に牧場に住みながら学校で教えている。共に感じるのは人の可能性と、生きるのが大変な時代なだけにみんな必死だということよ。

「リースルと雪乃も少しゆっくりしていけば良かったのに」

「ふたりにはふたりの生き方がありますよ」

あのふたりはすでに尾張から旅立った。津島で少し話をしたけど、オーバーテクノロジーを使えない船旅と海戦も楽しかったと言っていた。

司令とエルは少し寂しそうね。でも自由に生きるふたりに喜んでもいる。

佐治殿がリースルに海戦について教えを請いたかったと、早い旅立ちを残念がっていたのが、私は嬉しかった。

尾張に住んでいないふたりも、ちゃんと受け入れられていると感じられたからかもしれないわね。

side：久遠一馬

「ケティ、西堂丸殿はどうなると思う？」

もう秋だな。子供たちが作ってくれたお団子を食べつつ、ふと気になっていたことをケティに聞いてみた。

「今のところ大きな問題はない。人並みには生きられると思う」

元の世界の歴史では北条西堂丸は早くに亡くなっている。それがどうしても頭を離れない。お腹が弱いようで、ケティがナノマシンと薬で治療をしていたのは知っているが、それでもこの先どうなるのかと気になってしまうんだ。

「いい子だったね」

お酒を飲んだジュリアの言葉が心地いい。最初は少し世間知らずなところもあるように思えたけど、尾張やオレたちを素直に見て受け止めてくれた。

幻庵さんもさすがは史実の偉人だと思える人で、氏康さんも綱成さんもみんな凄い人ばかりだった。

織田家と北条家の友好は、今後の流れに影響を及ぼすだろう。

「司令もだいぶ慣れてきたね。この世界に」

「そうね。私もそれは思うわ」

いつかまた会えるだろうかと思いを馳せていると、ジュリアとメルティがオレのことを口にした。

「学ぶべきところは学びたいと思ってやっているけど……」

オレたちは日ノ本や世界を支配したいわけではない。自分たちが生きる場所が欲しいんだ。そのためにはこの時代で多くの人と共に生きる必要があると思う。

今回の関東訪問で、それをより確信した気がする。

「私たちはもう、ここで生きていくしかありませんよ。みんなもそれは忘れないでね」

「エル……」

そう、オレたちはここで生きていくしかないんだ。それにオレたちを必要としてくれる人もいるし、心配してくれる人たちもいる。

今この瞬間がオレたちの現代なんだ。

「クーン」

「どうした？　甘えん坊だなぁ」

オレもエルもみんなもゆっくりとだけど、生きていて前に進んでいる。そう思った瞬間、ロボとブランカがオレとエルの膝に乗ってきた。

二匹にはなにか楽しいことでもしているように見えたんだろうか。尻尾が嬉しそうに揺れている。

きっと明日はもっといい一日になる。

なにをしようかな。仕事もあるし、やりたいこともある。

こんなに楽しい日々に感謝しよう。

天文十七年、秋。関東訪問から戻った久遠一馬は、多くの人たちが無事を祈り、帰りを待っていた様子に驚いていたという逸話が滝川資清の『資清日記』に記されている。

一馬たちが帰った日の尾張では、そのまま祭りのように大賑わいとなり、一晩中帰還を喜び騒いでいたと伝わる。

同時代の他国と比較しても、すでに尾張では領国内の垣根が低くなり、領内が結束しつつあるのだと分かる逸話である。

極端な話をすると村ひとつ違うだけで争いが起こる時代なだけに、領内のこうした連帯感は一馬たちがもたらした功績のひとつであると現代では考えられている。

皇歴二七〇〇年・新説大日本史

特別ページ
キャラクターガイド
『戦国時代に宇宙要塞でやって来ました。五』に登場する主なキャラクターを、
モフ氏のデザイン画とともに御紹介いたします！
Illustration モフ

シグルドリーヴァ

ガレオン型の船の船長。戦闘型アンドロイド。リーファと呼ばれることが多い。設定年齢は17歳。身長１９０ｃｍの長身。金色の髪、深い緑の瞳。

雪乃

万能型アンドロイド。ガレオン型の船の副船長。雪のように真っ白な髪、瞳は深い紺色。設定年齢は15歳。

織田信光

信長の叔父。史実では信長の数少ない味方と言われている。武闘派でありながら久遠家に理解がある人。

佐治為景

佐治水軍、または大野水軍の長。知多半島・大野城城主。織田水軍を束ねる立場に。

あとがき

夏も終わり秋となった頃、このあとがきを書いています。

今年の上半期もコロナウイルスに悩まされましたね。刻一刻と変わる状況に今後も対応していかないといけないのでしょう。

今も懸命に働いておられる医療従事者の皆様に感謝いたします。

いつか、かつてのような日々にもどれることを願って。


さて、第五巻ですが、いかがだったでしょうか？

ｗｅｂ版より幾つかの加筆修正をしております。まずはリーファと雪乃というふたりを原作より前倒しで登場させました。

彼女たちは実はみどりいろさんという、読者が考えてくれたキャラクターになります。許可を得て書籍版に前倒しで登場致しました。

尾張に滞在しないアンドロイドとして、非常にいいキャラクターをしており、五巻での活躍も満足のいくものに仕上がったと思います。

あとは里見家との海戦に関しては少し変えました。状況的に里見水軍による奇襲を察知出来ないほうがリアルかなと考え、その分、裏で一馬たちが動く様子を書けたことは良かったと思います。

それと女性陣の視点は今回も増やしました。やはり新しい視点が加わると世界観が広がり、より奥深い物語になるのではと個人的には思えます。

拙作は歴史に残るような出来事を中心に書いているのではなく、日常の中の積み重ねとして歴史的な動きを書いています。そういう意味で五巻はバランスのいい内容かなとも思いますね。

なんとかご購入いただいて良かったと思える内容に出来たかな？

少し気が早いですが次巻では、武芸大会というイベントを開催します。

今後の展開の鍵を握る人物も登場するでしょう。一馬たちや戦国時代の人たちの生き様を、リアルに感じるように書いてみたいと思っております。

最後にイラストを描いてくださっているモフ様。新紀元社様、および関係各位の皆様に、五巻まで続いた感謝をこの場を借りてお伝えしたいと思います。

そして書籍を購入して応援してくださっている皆様、長きに渡りｗｅｂ版を応援してくださっている読者の皆様、困った時に相談に乗って頂いている皆様。

本当に、本当にありがとうございます。

まだまだ未熟である私ですが、どうか今後ともよろしくお願い致します。

最大級の感謝と共に、皆様によりよい明日が訪れることを祈っております。

それと、コロナ過の一日も早い収束を願いつつ、あとがきを終えたいと思います。

横蛍

2022年
発売予定！
戦国時代《せんごくじだい》に
六
宇宙要塞《うちゅうようさい》でやって来ました。
横蛍
イラスト：モフ
予価：本体1,200円+税

戦国時代に宇宙要塞でやって来ました。 5

2021 年 11 月 24 日 初版発行

【著　　者】横蛍

【イラスト】モフ
【編集】株式会社 桜雲社／新紀元社編集部／弦巻由美子
【デザイン・DTP】株式会社明昌堂

【発行者】福本皇祐
【発行所】株式会社新紀元社
〒 101-0054　東京都千代田区神田錦町 1-7　錦町一丁目ビル 2F
TEL 03-3219-0921 ／ FAX 03-3219-0922
http://www.shinkigensha.co.jp/
郵便振替　00110-4-27618

【印刷・製本】株式会社リーブルテック

ISBN978-4-7753-1967-3

本書の無断複写・複製・転載は固くお断りいたします。
乱丁・落丁本はお取り替えいたします。
定価はカバーに表示してあります。

Printed in Japan
©2021 oukei, mofu / Shinkigensha

※本書は、「小説家になろう」（http://syosetu.com/）に掲載されていたものを、改稿のうえ書籍化したものです。